A IDENTIDADE

MILAN KUNDERA

A IDENTIDADE

Tradução
Teresa Bulhões Carvalho da Fonseca

4ª reimpressão

COMPANHIADEBOLSO

Copyright © 1997 by Milan Kundera
Proibida toda e qualquer adaptação da obra

*Grafia atualizada segundo o Acordo Ortográfico da Língua Portuguesa de 1990,
que entrou em vigor no Brasil em 2009.*

Título original
L'identité

Capa
Jeff Fisher

Preparação
Márcia Copola

Revisão
Marcelo D. de Brito Riqueti
Flávia Yacubian

Dados Internacionais de Catalogação na Publicação (CIP)
(Câmara Brasileira do Livro, SP, Brasil)

Kundera, Milan
   A identidade / Milan Kundera ; tradução de Teresa Bulhões
Carvalho da Fonseca. — São Paulo : Companhia das Letras, 2009.

   Título original: L'identité.
   ISBN 978-85-359-1473-3

   1. Romance francês — Escritores tchecos I. Título.

09-04632   CDD-843

Índice para catálogo sistemático:

1. Romances : Literatura tcheca em francês 843

2021

Todos os direitos desta edição reservados à
EDITORA SCHWARCZ S.A.
Rua Bandeira Paulista, 702, cj. 32
04532-002 — São Paulo — SP
Telefone: (11) 3707-3500
www.companhiadasletras.com.br
www.blogdacompanhia.com.br
facebook.com/companhiadasletras
instagram.com/companhiadasletras
twitter.com/cialetras

A IDENTIDADE

1

Um hotel numa pequena cidade à beira-mar na Normandia que tinham encontrado num guia por acaso. Chantal chegou na sexta-feira para passar ali uma noite solitária, sem Jean-Marc, que deveria encontrá-la no dia seguinte em torno do meio-dia. Deixou a mala no quarto, saiu e, depois de um breve passeio por ruas desconhecidas, voltou ao restaurante do hotel. Às sete e meia, a sala de jantar ainda estava vazia. Sentou-se à mesa e esperou que alguém notasse sua presença. Do outro lado, perto da porta da cozinha, duas garçonetes discutiam animadamente. Chantal, como detestava levantar a voz, atravessou a sala e parou diante delas; mas elas estavam demasiado entretidas na discussão: "Já disse, faz mais de dez anos. Eu os conheço bem. É horrível. Não existe nenhum sinal. Nenhum. Apareceu na televisão". A outra: "O que terá acontecido?". "Ninguém tem a menor ideia. Isso é que é horrível." "Um assassinato?" "Vasculharam tudo em volta." "Um sequestro?" "Mas quem? E por quê? Não era rico, nem importante. Mostraram na televisão. Seus filhos, sua mulher. Que desespero. Já pensou?"

Depois ela notou a presença de Chantal: "A senhora conhece o programa de televisão sobre pessoas desaparecidas? Chama-se *Perdido de Vista*".

"Sim", disse Chantal.

"Talvez a senhora tenha visto o que aconteceu com a família Bourdieu. Eles são daqui."

"Sim, foi horrível", disse Chantal, sem saber como desviar a conversa de uma tragédia para um banal problema de comida.

"A senhora gostaria de jantar?", disse enfim a outra garçonete.

"Sim."

"Vou chamar o maître. Sente-se, por favor."

Sua colega acrescentou ainda: "Imagine só, alguém que você ama desaparece e você nunca fica sabendo o que aconteceu! É para enlouquecer!".

Chantal voltou para a mesa; o maître apareceu cinco minutos depois; ela pediu uma refeição bem simples; não gosta de comer sozinha; ah, como detesta comer sozinha!

Ela cortava o presunto no prato e não conseguia deter os pensamentos desencadeados pelas garçonetes: neste mundo onde cada um dos nossos passos é controlado e gravado, onde nas grandes lojas os circuitos internos de televisão nos vigiam, onde as pessoas estão sempre esbarrando umas com as outras, onde o sujeito não consegue nem sequer fazer amor sem ser interrogado no dia seguinte por pesquisadores e avaliadores ("onde você faz amor?", "quantas vezes por semana?", "com ou sem preservativo?"), como pode acontecer de alguém escapar da vigilância e desaparecer sem deixar vestígios? Sim, ela conhece bem esse programa com esse título que detesta, *Perdido de Vista*, o único programa que a comove pela sinceridade, pela tristeza, como se uma intervenção externa forçasse a televisão a renunciar a toda frivolidade; num tom grave, um apresentador convida os espectadores a fornecer testemunhos que possam ajudar a encontrar o desaparecido. No fim do programa, são mostradas uma após outra as fotografias de todos os "perdidos de vista" mencionados nos programas anteriores; alguns estão sumidos há onze anos.

Imagina se um dia perdesse Jean-Marc assim. Ficar sem

saber de nada, restrita apenas à imaginação. Não poderia nem mesmo se suicidar, pois o suicídio seria uma traição, a recusa da espera, a perda da paciência. Ela seria condenada a viver até o fim de seus dias num horror ininterrupto.

2

Subiu para o quarto, tentou penosamente adormecer e despertou no meio da noite depois de um longo sonho. Nele apareciam exclusivamente pessoas de seu passado: a mãe (morta havia muito tempo) e sobretudo o ex-marido (fazia anos que não o via e o homem do sonho não se parecia com ele, como se o diretor do sonho tivesse escolhido o ator errado para o papel); estava lá com a irmã, dominadora e enérgica, e a nova esposa (ela jamais a vira; no entanto, no sonho, não duvidava de sua identidade); no fim, ele lhe fazia vagas propostas eróticas, e sua nova esposa beijou Chantal fortemente na boca, tentando introduzir a língua entre seus lábios. Línguas se lambendo sempre lhe repugnavam. Na verdade, foi esse beijo que a despertou.

O mal-estar suscitado pelo sonho era tão grande que ela se esforçou para decifrar a razão. O que a perturbou tanto, pensou, foi a supressão do tempo presente efetuada pelo sonho. Pois ela se agarra apaixonadamente ao seu presente, que não trocaria nem pelo passado nem pelo futuro, por nada no mundo. É por isso que ela não gosta dos sonhos: eles impõem uma igualdade inaceitável das diferentes épocas de uma mesma vida, uma contemporaneidade niveladora de tudo aquilo que o sujeito jamais viveu; desconsideram o presente, negando-lhe sua posição privilegiada. Como no sonho daquela noite: toda uma parte da sua vida foi aniquilada: Jean-Marc, o apartamento comum, todos os anos que viveram juntos; no lugar deles, o passado chafurdou, as pessoas com as quais rompeu há muito tempo e que tentaram capturá-la na rede de uma banal sedução sexual. Ela sentia na boca os lábios úmidos de uma mulher (não era feia, ao escolher a atriz o diretor do sonho foi até bastante exigente) e isso lhe era tão desagradável que no meio da noite foi ao banheiro, lavou-se e gargarejou por um longo tempo.

3

F. era um velho amigo de Jean-Marc, eles se conheciam desde o tempo do ginásio; pensavam do mesmo modo, concordavam em tudo e continuaram em contato até o dia em que, há muitos anos, Jean-Marc o desamou, brusca e definitivamente, e deixou de vê-lo. Quando soube que F., bastante doente, estava num hospital de Bruxelas, não sentiu o menor desejo de visitá-lo, mas Chantal insistiu para que ele fosse até lá.

A vista do amigo de outros tempos foi desoladora: guardara na memória a imagem dele do tempo do ginásio, um menino frágil, sempre muito bem vestido, dotado de um refinamento natural diante do qual Jean-Marc se sentia um rinoceronte. Os traços delicados, afeminados, que em outros tempos o levavam a parecer mais novo, agora o tornavam mais velho: seu rosto parecia grotescamente pequeno, franzido, enrugado, como a cabeça mumificada de uma princesa egípcia morta havia quatro mil anos; Jean-Marc olhava para seus braços: um deles estava imobilizado, com uma agulha enfiada na veia, o outro fazia gestos largos para reforçar as palavras. Sempre, quando o via gesticular, tinha a impressão de que em relação a seu corpo pequeno os braços de F. eram ainda menores, minúsculos mesmo, braços de marionete. Naquele dia, essa impressão se acentuou ainda mais, pois aqueles gestos infantis não combinavam com a gravidade do assunto: F. lhe contava de seu estado de coma, que durara vários dias até que os médicos conseguiram trazê-lo de volta à vida: "Você conhece os testemunhos das pessoas que sobreviveram à própria morte. Tolstói fala disso num de seus contos. Um túnel, e no final uma luz. A beleza sedutora do além. Pois eu juro, não existe nenhuma luz. E, o que é pior, nenhuma inconsciência. Você sabe tudo, ouve tudo, só que eles, os médicos, não se dão conta disso e falam tudo na sua frente, mesmo aquilo que você não deveria ouvir. Que você está perdido. Que seu cérebro pifou".

Calou-se um momento. Depois: "Não quero dizer que minha mente estava inteiramente lúcida. Tinha consciência de tudo, mas tudo estava um pouco deformado, como num sonho. De vez em quando o sonho se transformava em pesadelo. Só que, na vida, um pesadelo termina depressa, você começa a gritar e acorda, mas eu não podia gritar. E o mais terrível era isso: não poder gritar. Ser incapaz de gritar no meio do pesadelo".

Mais uma vez se calou. Depois: "Nunca tive medo de morrer. Agora, tenho. Não consigo me livrar da ideia de que depois da morte continuamos vivos. De que estar morto é viver um pesadelo infinito. Mas chega dessa conversa. Chega dessa conversa. Falemos de outra coisa".

Antes de sua chegada ao hospital, Jean-Marc estava certo de que nem um nem outro poderiam escamotear a lembrança do rompimento e que ele seria obrigado a dizer a F. algumas palavras insinceras de reconciliação. Mas seus temores eram vãos: a ideia da morte tornava fúteis todos os outros assuntos. Por mais que quisesse mudar de conversa, F. continuava falando de seu corpo sofredor. Esse relato fez Jean-Marc ficar deprimido, mas não despertou nele nenhuma afeição.

4

Seria ele realmente tão frio, tão insensível? Um dia, muitos anos antes, soube que F. o havia traído; ah, a palavra é romântica demais, certamente exagerada; e, no entanto, ele ficou perturbado: numa reunião, na sua ausência, todo mundo atacou Jean-Marc, o que mais tarde lhe custou o emprego (perda desagradável mas não muito grave tendo em vista a reduzida importância que dava a seu trabalho). F. estava presente a essa reunião. Estava lá e não disse uma só palavra em defesa de Jean-Marc. Seus braços minúsculos, que gostavam tanto de gesticular, não fizeram o menor movimento em favor do amigo. Não querendo cometer um engano, Jean-Marc verificou minuciosamente se F. realmente se calara. Quando teve certeza absoluta disso, sentiu-se por alguns momentos infinitamente magoado; depois, resolveu nunca mais revê-lo; e logo a seguir foi invadido por uma sensação de alívio, inexplicavelmente alegre.

F. terminava de expor suas desgraças quando, após um momento de silêncio, seu rosto de princesinha mumificada se iluminou: "Lembra das nossas conversas no ginásio?".

"Mais ou menos", disse Jean-Marc.

"Sempre o ouvi como meu mestre quando falava das garotas."

Jean-Marc tentou se lembrar, mas não encontrou em sua memória nenhum vestígio das conversas daquele tempo: "O que eu, um fedelho de dezesseis anos, poderia falar sobre garotas?".

"Estou me vendo em pé na sua frente", continuou F., "falando alguma coisa sobre meninas. Lembra? Sempre fiquei chocado com o fato de um corpo bonito ser uma máquina de secreções; eu lhe disse que me incomodava ver uma menina assoar o nariz. Estou revendo a cena; você parou, me encarou e disse num tom curiosamente experiente, sincero, firme: assoar o nariz? para mim, basta vê-las piscar o olho, ver aquele movimento da pálpebra sobre a córnea, para que sinta uma repugnância que mal consigo controlar. Lembra?"

"Não", respondeu Jean-Marc.

"Como pôde esquecer? O movimento da pálpebra. Uma ideia tão estranha!"

Mas Jean-Marc falava a verdade; não se lembrava. Aliás, nem tentava procurar isso em sua memória. Pensava em outra coisa: eis aí a verdadeira e única razão de ser da amizade: fornecer ao outro um espelho em que ele possa contemplar sua imagem de antigamente, a qual, sem o eterno blablablá das lembranças entre colegas, estaria apagada há muito tempo.

"A pálpebra. Não se lembra mesmo disso?"

"Não", disse Jean-Marc, e depois, para si mesmo, em silêncio: será que você não percebe que estou pouco ligando para o espelho que me oferece?

O cansaço tomou conta de F., que se calou como se a lembrança da pálpebra o tivesse exaurido.

"Você precisa dormir", disse Jean-Marc, e se levantou.

Saindo do hospital, sentiu um desejo irresistível de estar com Chantal. Se não estivesse tão exausto, teria partido imediatamente. Antes de chegar a Bruxelas, tinha pensado em tomar um lauto café da manhã no hotel no dia seguinte e seguir caminho calmamente, sem precipitação. Mas, depois do encontro com F., acertou o despertador de viagem para as cinco horas.

5

Cansada depois daquela noite desagradável, Chantal saiu do hotel. No caminho que levava ao mar, cruzou com vários turistas de fim de semana. Todos os grupos reproduziam o mesmo esquema: o homem empurrava um carrinho com um bebê, a mulher andava ao lado dele; o homem tinha um ar bonachão, atento, sorridente, um pouco encabulado, e parecia sempre pronto a se inclinar para a criança, assoar seu nariz, acalmar seus gritos; a mulher tinha um ar entediado, distante, presunçoso, às vezes até (inexplicavelmente) malvado. Esse esquema Chantal viu reproduzido com diversas variantes: o homem ao lado de uma mulher empurrava o carrinho e ao mesmo tempo, num canguru, levava um bebê nas costas; o homem ao lado de uma mulher empurrava o carrinho, levava um bebê nos ombros e um outro num canguru na frente; o homem ao lado de uma mulher, sem carrinho, segurava uma criança pela mão e levava outras três, uma nas costas, uma na frente e outra nos ombros. Finalmente, sem homem, uma mulher empurrava o carrinho; e fazia isso com uma energia bem maior que a dos homens, tanto que para se desviar dela Chantal, que caminhava na mesma calçada, teve que saltar subitamente para o lado.

Chantal pensa: os homens se papaizaram. Eles não são pais mas apenas papais, o que significa: pais sem autoridade de pai. Imagina-se flertando com um papai que empurra um carrinho com um bebê e que ainda leva outros dois, nas costas e na frente; aproveitando um momento em que a esposa estivesse olhando uma vitrine, tentaria marcar um encontro com o marido. O que ele faria? Será que o homem transformado em árvore de crianças ainda seria capaz de se virar para olhar uma desconhecida? Os bebês pendurados em suas costas e na frente dele não iriam começar a berrar por causa do movimento inoportuno do carregador? Essa ideia lhe parece engraçada e a deixa de bom humor. Pensa: vivo num mundo onde os homens nunca mais irão se virar para olhar para mim.

Em seguida, em meio a outros caminhantes matinais, se

14

dirigiu para o quebra-mar: a maré estava baixa; diante dela a planície arenosa se estendia por um quilômetro. Fazia muito tempo que ela não vinha à praia da Normandia, e não conhecia as atividades que estavam em moda ali: soltar papagaio e praticar *speed-sail*. Papagaio: um tecido colorido esticado sobre um esqueleto extremamente rígido, lançado ao vento; com a ajuda de dois fios, um em cada mão, se impõem a ele direções variadas, assim ele sobe e desce, viravolteia, emite um barulho terrível semelhante ao de uma gigantesca mosca-varejeira e, de vez em quando, cai de bico na areia como um avião que se esborracha. Surpresa, ela constatou que seus donos não eram nem crianças nem adolescentes, mas quase todos adultos. E nunca mulheres, sempre homens. Na verdade, eram os papais! Os papais sem crianças, os papais que tinham conseguido fugir de suas esposas! Eles não corriam para suas amantes, corriam para a praia, para brincar!

Mais uma vez lhe ocorreu a ideia de uma pérfida sedução: aproximar-se, por trás, do homem que segura as duas linhas e que, com a cabeça para o alto, observa o voo barulhento de seu brinquedo; sussurrar-lhe ao ouvido um convite erótico composto das palavras mais obscenas. Sua reação? Ela não tem nenhuma dúvida: sem se dignar a olhar para ela: me deixe em paz, não está vendo que estou ocupado?

Ah, não, os homens nunca mais irão se virar para olhar para ela.

Voltou para o hotel. Viu o carro de Jean-Marc no estacionamento. Na recepção, ficou sabendo que ele chegara fazia pelo menos meia hora. A recepcionista lhe entregou um recado: "Cheguei antes. Vou procurá-la. J.-M.".

"Ele foi me procurar", suspirou Chantal. "Mas onde?"

"Ele disse que com certeza a senhora estaria na praia."

6

Andando em direção ao mar, Jean-Marc passou ao lado de um ponto de ônibus. Ali só havia uma garota de jeans e camiseta; sem grande entusiasmo mas marcadamente ela rebolava como se estivesse dançando. Quando chegou bem perto dela, viu que ela bocejava: demoradamente, insaciavelmente ela bocejava; o grande orifício de sua boca era docemente embalado pelo corpo que, maquinalmente, dançava. Jean-Marc pensa: ela dança e está entediada. Chegou ao quebra-mar; embaixo, na praia, viu alguns homens que, olhando para cima, soltavam seus papagaios no ar. Faziam isso com paixão e Jean-Marc se lembrou de sua velha teoria: existem três categorias de tédio: o tédio passivo: a garota que dança e boceja; o tédio ativo: aqueles que gostam de soltar papagaio; e o tédio em revolta: a juventude que queima carros e quebra vitrines.

Mais adiante na praia, crianças, entre doze e catorze anos, com grandes capacetes coloridos sob os quais se vergavam seus corpos pequenos, se agrupavam em torno de estranhos veículos: na cruz formada por barras metálicas estão fixadas uma roda na frente e duas rodas atrás; no centro, numa caixa comprida e baixa, um corpo pode se enfiar e se esticar; em cima um mastro com uma vela. Por que as crianças estão de capacete? Certamente esse esporte é perigoso. No entanto, pensa Jean-Marc, são sobretudo aqueles que estão passeando que aquelas máquinas dirigidas por crianças põem em perigo; por que não se sugere a eles que usem capacete? Porque aqueles que desprezam a diversão organizada são os desertores da grande luta comum contra o tédio e não merecem nem atenção nem capacete.

Desceu a escada que levava à praia e olhou atentamente para a orla distante do mar; entre as silhuetas longínquas daqueles que passeiam ali tentou distinguir Chantal; finalmente a reconheceu; ela acabava de parar para contemplar as ondas, os veleiros, as nuvens.

Ele passou perto das crianças que, instruídas por um monitor, sentavam nos carros que começavam a se movimentar lentamente em círculo. Em volta, outros carros corriam com grande velocidade. Apenas a vela, manejada por meio de uma corda, assegura a direção certa do veículo e permite evitar o choque com aqueles que passeiam. Mas será que um praticante amador ainda desajeitado é realmente capaz de dominar a vela? E o veículo, será que pode realmente responder à vontade do piloto?

Jean-Marc olhava para os carros e, quando constatou que um deles se dirigia com a velocidade de um bólido para Chantal, franziu a testa. Nele um senhor idoso estava esticado como um cosmonauta num foguete. Nessa posição horizontal, não pode ver nada do que está na sua frente! Seria Chantal prudente o bastante para se desviar dele? Praguejou contra ela, contra seu temperamento por demais despreocupado, e apertou o passo.

Ela deu meia-volta. Mas certamente não via Jean-Marc, pois seu andar continuava lento, o andar de uma mulher mergulhada em seus pensamentos, caminhando sem olhar ao redor. Ele queria lhe gritar que não ficasse tão distraída, que prestasse atenção naqueles carros ridículos que andam pela praia. De repente, imagina seu corpo atropelado pelo carro, está estendida na areia, está ensanguentada, o carro se afasta pela praia e ele se vê correndo na direção dela. Fica tão emocionado com essa imagem que começa realmente a gritar o nome de Chantal, o vento está forte, a praia é imensa, e sua voz não é ouvida por ninguém, por isso pode se entregar a essa espécie de teatro sentimental e, com lágrimas nos olhos, gritar sua angústia por ela; com o rosto crispado por uma expressão de choro, vive durante alguns segundos o horror de sua morte.

17

Depois, espantado com aquela curiosa crise de histeria, viu-a lá longe, passeando com despreocupação, plácida, calma, encantadora, infinitamente comovente, e sorriu da comédia de luto que acabara de representar, sorriu sem nenhum remorso, pois a morte de Chantal estava em seu pensamento desde que começara a amá-la; ele se pôs realmente a correr fazendo-lhe sinal com a mão. Mas ela parou de novo, de novo se virou para o mar e olhava para os veleiros ao longe sem reparar no homem que balançava a mão acima da cabeça.

Finalmente! Virando-se na sua direção, ela parecia vê-lo; todo feliz, ele levantou mais uma vez o braço. Mas ela não se interessava por ele e parou, seguindo com o olhar a linha comprida do mar acariciando a areia. Agora que ela estava de perfil, ele constatava que aquilo que pensara ser seu coque era na verdade um lenço em volta da cabeça. À medida que ele se aproximava (com um passo de repente bem menos apressado), aquela mulher que ele acreditara ser Chantal se tornava velha, feia e ridiculamente outra.

7

Chantal logo se cansara de observar a praia do quebra-mar e decidira ir esperar Jean-Marc no quarto. Mas que sonolência sentia! Para não estragar o prazer do reencontro, resolveu tomar depressa um café. Mudou então de rumo e se dirigiu a uma grande construção de concreto e vidro que abrigava um restaurante, um bar, uma sala de jogos e algumas lojas.

Entrou no bar; a música, muito alta, assustou-a. Contrariada, avançou por entre duas fileiras de mesas. No salão vazio, dois homens a encararam: um, mais jovem, apoiado na frente do balcão, vestindo roupa preta de garçom; o outro, mais velho, corpulento, de camiseta, em pé no fundo da sala.

Como tinha intenção de sentar, disse ao corpulento:

"Pode desligar a música?"

Ele deu uns passos em sua direção: "Desculpe, acho que não entendi".

Chantal olhou para seus braços musculosos, tatuados: uma mulher nua com seios enormes e uma serpente enrolada no corpo.

Ela repetiu (atenuando suas exigências): "Seria possível abaixar o volume do som?".

O homem respondeu: "Abaixar o volume? Não está gostando da música?", e Chantal viu o rapaz, que tinha passado para trás do balcão, aumentar ainda mais o volume do rock.

O homem tatuado estava bem perto dela. Seu sorriso lhe parecia perverso. Ela capitulou: "Não, não tenho nada contra a sua música!".

E o tatuado: "Tinha certeza que gostava dela. Quer alguma coisa?".

"Nada", disse Chantal, "estava só olhando. É agradável aqui."

"Então, por que não fica?", disse atrás dela, com uma voz desagradavelmente melosa, o rapaz de preto, que mais uma vez mudara de lugar: colocara-se entre as duas fileiras de mesas, na única passagem que dava para a saída.

A obsequiosidade de sua voz provocou nela uma espécie de pânico. Sentiu-se como numa emboscada que em poucos instantes se fecharia em torno dela. Decide agir depressa. Para sair, seria obrigada a passar por onde o rapaz de preto barrava-lhe o caminho. Como se decidisse ir ao encontro da sua própria ruína, avança. Vendo diante de si o sorriso adocicado do rapaz, sente o coração bater. Só no último momento ele dá um passo para o lado e a deixa passar.

8

Confundir a aparência física da amada com a de outra mulher. Quantas vezes isso já não lhe acontecera! Sempre com o mesmo espanto: a diferença entre ela e as outras seria assim tão ínfima? Como é possível que ele não seja capaz de reconhecer a silhueta do ser mais amado, do ser que considera incomparável?

Ele abre a porta do quarto. Finalmente a vê. Dessa vez, sem a menor dúvida, é ela, mas não se parece mais com ela. Seu rosto está envelhecido, seu olhar estranhamente mau. Como se a mulher para quem fizera sinais na praia devesse substituir de uma vez para sempre aquela que ama. Como se ele devesse ser punido por sua incapacidade de reconhecê-la.

"O que é que há? O que foi que aconteceu?"

"Nada, nada", diz ela.

"Como nada? Você está completamente transtornada."

"Dormi muito mal. Quase não dormi. Passei uma manhã ruim."

"Uma manhã ruim? Por quê?"

"Por nada, realmente nada."

"Diga para mim."

"Por nada mesmo."

Ele insiste. Ela acaba dizendo: "Os homens não se viram mais para olhar para mim".

Fita-a, incapaz de compreender o que ela diz, o que quer dizer. Está triste porque os homens não se viram mais para olhar para ela? Ele quer lhe dizer: E eu? E eu? Eu, que a procuro por quilômetros de praia, eu, que grito seu nome chorando e que sou capaz de correr o planeta inteiro atrás de você?

Não diz. Em vez disso repete, lentamente, em voz baixa, as palavras que ela acaba de pronunciar: "Os homens não se viram mais para olhar para você. É mesmo por isso que está triste?".

Ela enrubesce. Enrubesce como havia muito tempo não enrubescia. Esse rubor parece trair desejos inconfessados. Desejos tão violentos que Chantal não consegue mais reprimi-los e repete: "É, os homens não se viram mais para olhar para mim".

9

Quando Jean-Marc apareceu na porta do quarto ela quis muito ficar alegre; queria beijá-lo, mas não conseguia; desde o episódio do bar estava tensa, crispada e tão mergulhada em seu humor sombrio que temia que o menor gesto de amor parecesse forçado e artificial.

Depois Jean-Marc lhe perguntou: "O que foi que aconteceu?". Disse-lhe que dormira mal, que estava cansada, mas não conseguia convencê-lo e ele continuou a interrogá-la; não sabendo como escapar daquela inquisição amorosa, ela queria dizer alguma coisa engraçada; foi então que seu passeio matinal e os homens transformados em árvores de crianças lhe voltaram à mente e ela encontrou a frase que ficara ali como um pequeno objeto esquecido: "Os homens não se viram mais para olhar para mim". Ela recorreu a essa frase para se esquivar de qualquer discussão séria; tentou usar o tom mais leve possível, mas, para sua surpresa, sua voz estava amarga e melancólica. Sentia essa melancolia estampada no próprio rosto e percebeu, imediatamente, que seria mal compreendida.

Viu que ele a fitava, demoradamente, gravemente, e teve a sensação de que nas profundezas de seu corpo aquele olhar acendia um fogo. Esse fogo se espalhava depressa por seu ventre, subia para o peito, queimava suas faces, e ela ouvia

Jean-Marc repetindo o que ela dissera: "Os homens não se viram mais para olhar para você. É mesmo por isso que está triste?".

Ela sentia que queimava como um archote e que o suor escorria sobre sua pele; sabia que esse rubor dava à sua frase uma importância desmedida; ele devia achar que, com aquelas palavras (ah, como eram irrelevantes!), ela estava se traindo, que estava lhe revelando inclinações secretas que a levavam, agora, a enrubescer de vergonha; era um mal-entendido, mas ela não pode lhe explicar, pois ela já conhece esse ataque de calor há um certo tempo; sempre se recusou a dar a isso seu nome verdadeiro, mas, dessa vez, não tem mais dúvida do que significa e, por essa razão, não quer, não pode falar no assunto.

A onda de calor foi demorada e se manifestou, para cúmulo de sadismo, diante dos olhos de Jean-Marc; ela não sabia mais o que fazer para se esconder, para se ocultar, para desviar o olhar indagador. Extremamente perturbada, repetiu a mesma frase na esperança de que ela fosse retificar o que dissera a primeira vez, tentando pronunciá-la de modo mais leve, como uma brincadeira, como uma paródia: "É, os homens não se viram mais para olhar para mim".

Esforço inútil, a frase soou ainda mais melancólica do que antes.

Nos olhos de Jean-Marc se acende subitamente uma luz que ela conhece e que é como um farol de salvação: "E eu? Como é que você pode pensar naqueles que não se viram mais para olhar para você enquanto eu corro sem parar atrás de você aonde quer que você vá?".

Sente-se salva, pois a voz de Jean-Marc é a voz do amor, a voz cuja existência ela esqueceu naqueles instantes de desconcerto, a voz do amor, que a acaricia e acalma mas para a qual ainda não está preparada; como se essa voz viesse de longe, de muito longe; teria que ouvi-la ainda um bom momento para poder acreditar nela.

Foi por isso que, quando ele quis tomá-la em seus braços, ela se retesou; teve medo de ser abraçada por ele; medo de que seu corpo úmido revelasse seu segredo. O momento foi muito rápido e não lhe deu tempo de se controlar; assim, antes que pudesse deter o gesto, tímida mas firmemente, ela o repeliu.

10

Esse encontro frustrado que os tornou incapazes de se beijarem teria acontecido realmente? Será que Chantal ainda se lembra daqueles poucos instantes de incompreensão? Será que ainda se lembra da frase que perturbou Jean-Marc? Que nada. O episódio foi esquecido como milhares de outros. Mais ou menos duas horas depois, almoçam no restaurante do hotel e falam alegremente sobre a morte. Sobre a morte? O patrão de Chantal pediu-lhe que pensasse numa campanha publicitária para a agência funerária Lucien Duval.

"Não é para rir", diz ela rindo.

"E eles, não riem?"

"Eles quem?"

"Seus colegas. A ideia em si já é bastante engraçada, fazer publicidade da morte! Seu diretor, aquele velho trotskista! Você sempre diz que ele é inteligente!"

"Ele é inteligente. Lógico como um bisturi. Conhece Marx, psicanálise, poesia moderna. Gosta de contar que na literatura dos anos 20, na Alemanha ou não sei onde, havia uma corrente de poesia do cotidiano. A publicidade, segundo ele, realiza *a posteriori* esse programa poético. Ela transforma em poesia os objetos simples da vida. Graças a ela a vida cotidiana começou a cantar."

"O que é que você vê de inteligente nessas banalidades?"

"O tom de provocação cínico com que ele as diz."

"Ele ri ou não quando lhe pede que faça publicidade da morte?"

"É um sorriso que marca uma distância, é elegante, e quanto mais poderoso você é, mais se sente na obrigação de ser elegante. Mas o sorriso distante dele não tem nada a ver com um riso como o seu. E ele é muito sensível a essa diferença sutil."

"Então, como é que ele suporta o seu riso?"

"Ora, o que é que você acha, Jean-Marc? Eu não rio. Não se esqueça, tenho duas caras. Aprendi até a me divertir com esse sistema, mas, apesar disso, ter duas caras não é fácil. Exige esforço, exige disciplina! Você tem que compreender que tudo o que faço, querendo ou não, faço com a ambição de fazer bem. Até mesmo para não perder o emprego. E é muito difícil trabalhar com perfeição e ao mesmo tempo desprezar esse trabalho."

"Ah, você consegue isso, você é genial", diz Jean-Marc.

"Sim, posso ter duas caras, mas não posso tê-las ao mesmo tempo. Com você, uso a cara brincalhona. Quando estou na agência, uso a cara séria. Recebo currículos de pessoas procurando emprego conosco. Tenho que recomendá-las ou dar um parecer negativo. Alguns dos candidatos, nas cartas, se exprimem numa linguagem perfeitamente moderna, com todos os clichês, com o jargão, com todo o otimismo obrigatório. Não preciso vê-los nem falar com eles para detestá-los. Mas sei que são eles que irão trabalhar bem e com mais interesse. E existem também aqueles que, certamente, em outros tempos, teriam se consagrado à filosofia, à história da arte, ao ensino do francês mas que hoje, por falta de opção, quase por desespero, procuram trabalho conosco. Sei que secretamente desprezam o emprego que solicitam e que portanto são meus irmãos. E tenho que escolher."

"E como é que você escolhe?"

"Uma vez recomendo aquele com quem simpatizo, outra vez aquele que vai trabalhar bem. Atuo metade como traidora da minha empresa, metade como traidora de mim mesma. Sou uma dupla traidora. E não considero esse estado de dupla traição um fracasso mas uma proeza. Pois por quanto tempo ainda serei capaz de conservar minhas duas caras? É extenuante. Vai chegar o dia em que terei apenas uma cara. A pior das duas, claro. A séria. A conformista. Será que você vai continuar gostando de mim?"

"Você nunca vai perder suas duas caras", diz Jean-Marc.

Ela sorri e ergue seu copo de vinho: "Esperemos!".

Eles brindam, bebem, depois Jean-Marc diz: "Estou quase com inveja da sua campanha publicitária da morte. Não sei por quê, mas desde criança sou fascinado pelos poemas sobre a morte. Aprendi de cor uma porção deles. Posso recitar, quer? Você pode utilizá-los. Por exemplo, estes versos de Baudelaire, com certeza você conhece:

"Ó Morte, velho capitão, está na hora! levantemos âncora!
"Este país nos entedia, ó Morte! Embarquemos!"

"Conheço, conheço", interrompe-o Chantal. "É muito bonito mas não para nós."

"Como assim? Seu velho trotskista gosta de poesia! E existe consolo melhor para um moribundo do que dizer a si mesmo: este país nos entedia? Imagino essas palavras em anúncios luminosos em cima das portas dos cemitérios. Para sua campanha publicitária, bastaria modificar ligeiramente: 'Este país entedia vocês. Lucien Duval, velho capitão, garantirá o embarque'."

"Mas meu trabalho não é agradar os agonizantes. Não

são eles que vão solicitar os serviços de Lucien Duval. E os vivos, ao enterrar seus mortos, querem comemorar a vida, e não celebrar a morte. Lembre-se bem disto: nossa religião é o elogio da vida. A palavra *vida* é a rainha das palavras. A palavra-rainha rodeada de outras grandes palavras. A palavra *aventura*! A palavra *futuro*! E a palavra *esperança*! A propósito, sabe qual era o nome em código da bomba atômica jogada em Hiroshima? Little Boy! Foi um gênio que inventou esse código! Não poderia ser melhor. Little Boy, garoto, menino, guri, não existe palavra mais terna, mais comovente, mais carregada de futuro."

"Sim, entendo", diz Jean-Marc, encantado. "É a própria vida que paira acima de Hiroshima na pessoa de um *little boy* que despeja, sobre as ruínas, a urina de ouro da esperança. Foi assim que se inaugurou o pós-guerra." Ele ergue o copo: "Brindemos!".

11

Seu filho tinha cinco anos quando ela o enterrou. Mais tarde, na época das férias, sua cunhada lhe disse: "Você está muito triste. Precisa ter outro filho. Só assim vai conseguir esquecer". A observação da cunhada apertou seu coração. Criança: existência sem biografia. Sombra que desaparece rapidamente no seu sucessor. Mas ela não desejava esquecer o filho. Defendia sua individualidade insubstituível. Contra o futuro defendia um passado, o passado negligenciado e desprezado do coitadinho morto. Uma semana depois, seu marido lhe disse: "Não quero que você caia em depressão. Temos que ter depressa outro filho. Depois disso, você vai esquecer". Você vai esquecer: ele nem sequer tentava arranjar outra fórmula! Foi então que a decisão de deixá-lo nasceu dentro dela.

Estava claro para ela que seu marido, homem bastante passivo, não falava em seu próprio nome, mas em nome dos interesses mais gerais da grande família dominada pela irmã. Esta vivia então com o terceiro marido e os dois filhos dos casamentos anteriores; tinha conseguido continuar em bons termos com os ex-maridos e reunir em torno dela eles próprios mais as famílias dos irmãos e primos. Essas reuniões imensas aconteciam numa enorme casa de campo, durante as férias; ela tentara levar Chantal a se juntar a essa tribo a fim de que, progressivamente, imperceptivelmente, fizesse parte dela.

Foi ali, naquela grande casa de campo, que sua cunhada e depois seu marido imploraram que ela tivesse outro filho. E foi ali, num pequeno quarto, que ela se recusou a fazer amor com ele. Cada uma de suas investidas eróticas lembrava-lhe a campanha familiar para uma nova gravidez, e a ideia de fazer amor com ele se tornou grotesca. Tinha a impressão de que todos os membros da tribo, avós, pais, sobrinhos, sobrinhas, primas, os escutavam atrás da porta, examinavam secretamente os lençóis, procuravam neles de manhã sinais de cansaço. Todos se arrogavam o direito de olhar para a sua barriga. Até os sobrinhos menores foram recrutados como mercenários nessa guerra. Um deles lhe disse: "Chantal, por que você não gosta de criança?". "Por que você acha que eu não gosto?", respondeu ela brusca e friamente. Ele não soube o que dizer. Irritada, ela continuou: "Quem lhe disse que não gosto de criança?". E o sobrinho pequeno, diante de seu olhar severo, respondeu num tom tão tímido quanto convicto: "Se gostasse de criança, teria um filho".

Quando as férias terminaram, ela agiu com determinação: primeiro quis voltar a trabalhar. Antes do nascimento do filho, lecionara num ginásio. Como o trabalho era mal pago, desistiu de retomá-lo e preferiu um emprego que não correspondia a seus desejos (ela gostava de lecionar) mas que era três vezes mais bem remunerado. Tinha a consciência pesada por revelar seu prazer por dinheiro, mas o que fazer?, era a única maneira de conseguir sua independência. Todavia, para consegui-la, só o dinheiro não bastava. Precisava também de um homem, de um homem que fosse o exemplo vivo de uma outra vida, pois se queria, com frenesi, se livrar de sua vida anterior, não sabia imaginar nenhuma outra.

Teve que esperar alguns anos até encontrar Jean-Marc. Quinze dias depois, pediu o divórcio ao marido perplexo. Foi então que sua cunhada, com uma admiração mesclada de hostilidade, chamou-a de Pantera: "você fica quieta, não diz nada daquilo que pensa, e de repente ataca". Três meses mais tarde ela comprou um apartamento onde, afastando qualquer ideia de casamento, se instalou com seu amor.

12

Jean-Marc teve um sonho: teme que tenha acontecido alguma coisa com Chantal, procura por ela, corre pelas ruas e, finalmente, a vê, de costas, andando, se afastando. Corre atrás dela e grita seu nome. Está a alguns passos dela, ela vira a cabeça, e Jean-Marc, estupefato, tem diante de si um outro rosto, um rosto estranho e desagradável. No entanto, não é outra pessoa, é Chantal, a sua Chantal, sem dúvida nenhuma, mas a sua Chantal com o rosto de uma desconhecida, e isso é atroz, é insuportavelmente atroz. Ele a abraça, aperta-a contra o corpo e repete soluçando: Chantal, minha Chantal, minha Chantal!, como se quisesse, ao repetir essas palavras, devolver a esse rosto transtornado o velho aspecto perdido, a identidade perdida.

Esse sonho o despertou. Chantal não estava mais na cama, ele ouvia barulhos matinais no banheiro. Ainda sob o impacto do sonho, sentiu uma necessidade urgente de vê-la. Levantou-se e se dirigiu para a porta entreaberta. Parou ali e, como um voyeur ávido em surpreender uma cena de intimidade, ficou observando-a: sim, era a sua Chantal como sempre a conhecera: inclinada sobre a pia, ela escovava os dentes, cuspia a saliva misturada com pasta e estava tão comicamente, tão infantilmente concentrada nessa atividade que Jean-Marc sorriu. Depois, como se sentisse seu olhar, ela rodopiou, viu-o à porta, ficou zangada, mas acabou deixando que ele beijasse sua boca ainda toda branca.

"Hoje à noite você me pega na agência?", disse ela.

Mais ou menos às seis horas ele entrou no hall, passou pelo corredor e parou em frente à porta da sala dela. Estava entreaberta como de manhã a do banheiro. Viu Chantal com duas moças, suas colegas. Mas ela não era mais a mesma daquela manhã; falava com uma voz mais forte, com a qual ele não estava habituado, seus gestos eram mais rápidos, mais bruscos, mais dominadores. De manhã, no banheiro, havia encontrado o ser que acabara de perder durante a noite e que, nesse fim de tarde, se modificava mais uma vez diante de seus olhos.

Entrou. Ela sorriu para ele. Mas esse sorriso era gelado, e Chantal estava como que imobilizada. Beijar-se nos dois lados do rosto se tornou na França, de uns vinte anos para cá, uma convenção quase obrigatória e, por isso, penosa para aqueles que se amam. Mas como evitar essa convenção quando o encontro se dá diante dos outros e não se quer dar a impressão de um casal brigado? Constrangida, Chantal se aproximou e lhe ofereceu os dois lados do rosto. O gesto era artificial e lhes deu uma impressão de falsidade. Sorriram, e só depois de um bom momento ela voltou a ser a Chantal que conhecia.

É sempre assim: desde o instante em que a revê até o

instante em que a reconhece tal como a ama, ele tem um caminho a percorrer. Desde seu primeiro encontro, na montanha, ele teve a oportunidade de se isolar com ela quase imediatamente. Se, antes desse único encontro a sós, ele a tivesse encontrado muitas vezes tal como ela era com os outros, teria reconhecido nela o ser amado? Se ele a tivesse conhecido apenas com o rosto que ela mostra a seus colegas, a seus chefes, a seus subordinados, teria ficado comovido e maravilhado com esse rosto? Para essas perguntas, ele não tem resposta.

13

Talvez seja por causa de sua hipersensibilidade a esses momentos de estranheza que a frase "os homens não se viram mais para olhar para mim" tenha ficado gravada tão fortemente nele: ao pronunciá-la, Chantal estava irreconhecível. Essa frase não se parecia com ela. E seu rosto, como que mau, como que envelhecido, também não. Em princípio, ele teve uma reação de ciúme: como ela podia lamentar que os outros não se interessassem mais por ela quando, naquela mesma manhã, ele viera disposto a morrer na estrada para estar o mais depressa possível com ela? Menos de uma hora depois, porém, ele acabou por dizer a si mesmo: toda mulher mede seu grau de envelhecimento pelo interesse ou pelo desinteresse que os homens demonstram por seu corpo. Não seria ridículo se ofender por isso? No entanto, sem se sentir ofendido, ele não estava de acordo. Pois ele já notara em seu rosto os traços de um leve envelhecimento (ela é quatro anos mais velha do que ele) no dia do primeiro encontro. Sua beleza, que naquela época o impressionara, não a tornava mais jovem do que era; ao contrário, poderia dizer que a idade tornava sua beleza mais eloquente.

30

A frase de Chantal ecoava-lhe na cabeça e ele imaginava a história do seu corpo: ele estava perdido entre milhões de outros corpos até o dia em que um olhar de desejo pousou sobre ele e o tirou da multidão nebulosa; em seguida, os olhares se multiplicaram e incendiaram esse corpo que desde então atravessa o mundo como uma tocha; é o tempo de uma glória luminosa, mas, logo depois, os olhares vão começar a escassear, a luz se apagará pouco a pouco até o dia em que esse corpo, translúcido, depois transparente, depois invisível, irá passear pelas ruas como um pequeno nada ambulante. Nesse trajeto, que leva da primeira invisibilidade à segunda, a frase "os homens não se viram mais para olhar para mim" é a luzinha vermelha assinalando que a extinção progressiva do corpo começou.

Por mais que dissesse que a amava e a achava bela, seu olhar amoroso não podia consolá-la. Porque o olhar do amor é o olhar do isolamento. Jean-Marc pensava na solidão amorosa de dois seres velhos que se tornaram invisíveis para os outros: triste solidão que prefigura a morte. Não, o que ela precisa não é de um olhar de amor, mas de uma inundação de olhares desconhecidos, grosseiros, concupiscentes e que pousam nela sem simpatia, sem escolha, sem ternura nem polidez, fatalmente, inevitavelmente. Esses olhares a mantêm na sociedade dos humanos. O olhar do amor a exclui.

Com remorso, ele pensava no começo vertiginosamente rápido do amor deles. Não tivera necessidade de conquistá-la: desde o primeiro instante ela havia sido conquistada. Virar-se para olhar para ela? Para quê? Ela estava a seu lado, na sua frente, perto dele, desde o começo. Desde o começo, ele era o mais forte e ela a mais fraca. Essa desigualdade estava depositada nos fundamentos do amor deles. Injustificável desigualdade, iníqua desigualdade. Ela era mais fraca porque mais velha.

14

Quando tinha dezesseis, dezessete anos, ela gostava de uma metáfora; teria sido inventada por ela mesma, ela a teria ouvido, lido? pouco importa: queria ser um perfume de rosa, um perfume que se difundisse, que conquistasse, queria atravessar assim todos os homens e, pelos homens, envolver a terra inteira. Perfume difusor de rosa: metáfora da aventura. Essa metáfora apareceu no início de sua vida adulta como a romântica promessa de uma promiscuidade doce, como um convite para uma viagem através dos homens. Mas, por natureza, não era uma mulher nascida para mudar de amantes, e esse sonho vago, lírico, foi depressa adormecido durante o casamento, que se anunciava calmo e feliz.

Muito mais tarde, quando já havia deixado o marido e já vivia fazia alguns anos com Jean-Marc, estava um dia com ele à beira-mar: jantavam ao ar livre, num deck de madeira sobre a água; ela guarda uma lembrança intensa de brancura; a madeira, as mesas, as cadeiras, as toalhas, tudo era branco, até os postes de luz eram pintados de branco e as lâmpadas irradiavam uma luz branca contra o céu estival, que ainda não estava escuro, em que a lua, também branca, branqueava tudo em volta. E, nesse banho de branco, ela sentia uma insuportável saudade de Jean-Marc.

Saudade? Como podia sentir saudade se ele estava na frente dela? Como se pode sofrer com a ausência de alguém que está presente? (Jean-Marc saberia responder: pode-se sofrer de saudade na presença do amado se se entrevê um futuro em que o amado não está mais presente; se a morte do amado já está então, invisivelmente, presente.)

Durante esses minutos de estranha saudade à beira-mar, ela se lembrou de repente de seu filho morto e uma onda de felicidade a inundou. Logo depois, ficaria assustada com esse sentimento. Mas contra os sentimentos ninguém pode fazer nada, estão aí e escapam a qualquer censura. Podemos nos censurar por um ato, uma palavra pronunciada, não podemos nos censurar por um sentimento, simplesmente porque não temos nenhum poder sobre ele. A lembrança do filho morto a enchia de felicidade e ela podia apenas se perguntar o que isso significava. A resposta era clara: isso significava que sua presença ao lado de Jean-Marc era absoluta e que podia ser absoluta graças à ausência de seu filho. Estava feliz com que seu filho tivesse morrido. Sentada em frente a Jean-Marc, tinha vontade de dizer isso em voz alta, mas não ousava. Não tinha certeza da reação dele, tinha medo de que ele a tomasse por um monstro.

Saboreava a ausência total de aventuras. Aventura: maneira de abraçar o mundo. Ela não queria mais abraçar o mundo. Não queria mais o mundo.

Saboreava a felicidade de estar sem aventuras e sem desejo de aventuras. Lembrou-se da sua metáfora e viu uma rosa murchando, rapidamente, como num filme acelerado, até restar apenas um talo fino, enegrecido, que se perdia para sempre no universo branco daquela noite: a rosa diluída na brancura.

Na mesma noite, pouco antes de adormecer (Jean-Marc já dormia), mais uma vez se lembrou do filho morto e essa lembrança foi de novo acompanhada por aquela escandalosa onda de felicidade. Pensou então que seu amor por Jean-Marc era uma heresia, uma transgressão das leis não escritas da comunidade humana da qual ela se afastava; pensou que teria que guardar segredo do exagero do seu amor para não despertar a indignação irada dos outros.

15

De manhã, é sempre ela que sai primeiro do apartamento e abre a caixa de correspondência, deixando aquela que é endereçada a Jean-Marc e levando a sua. Naquela manhã, achou duas cartas: uma com o nome de Jean-Marc (olhou furtivamente para ela: o selo era de Bruxelas), a outra com seu nome mas sem endereço nem selo. Alguém devia tê-la trazido pessoalmente. Como estava com um pouco de pressa, enfiou-a sem abrir na bolsa e se dirigiu para o ônibus. Depois de sentada, abriu o envelope; a carta tinha apenas uma frase: "Sigo-a como um espião, você é linda, muito linda".

O primeiro sentimento foi desagradável. Alguém, sem ter pedido licença, queria intervir em sua vida, chamar sua atenção (sua capacidade de atenção é limitada e ela não tem energia suficiente para ampliá-la), em suma, importuná-la. Depois pensou que, afinal de contas, era uma bobagem. Que mulher não recebera um dia um bilhete daquele tipo? Releu a carta e se deu conta de que a senhora ao lado dela também poderia lê-la. Enfiou-a de volta na bolsa e deu uma olhada ao redor. Viu as pessoas sentadas, olhando distraidamente para a rua pela janela, duas garotas exibindo seu riso, um rapaz negro perto da saída, grande e bonito, encarando-a, uma mulher mergulhada num livro e que, com certeza, tinha um longo trajeto pela frente.

Em geral, dentro do ônibus ela ignora todo mundo. Por causa dessa carta, acha que está sendo observada e também observa. Será que existe sempre alguém olhando fixamente para ela como esse negro hoje? Como se soubesse o que ela acabara de ler, sorri para ela. E se fosse ele o autor do bilhete? Afastou depressa a ideia por demais absurda e levantou para descer no ponto seguinte. Teria que passar ao lado do negro que bloqueava a saída e isso a embaraçou. Quando estava bem perto dele, o ônibus freou, por um instante ela perdeu o equilíbrio, e o negro, que continuava olhando para ela, deu uma gargalhada. Ela sorriu e pensou: não era flerte; era deboche.

Continuou ouvindo o dia inteiro aquele riso debochado como um mau presságio. Olhou para a carta ainda duas ou três vezes no escritório e, chegando em casa, ficou pensando no que fazer com ela. Guardá-la? Por quê? Mostrá-la a Jean-Marc? Ficaria constrangida; como se quisesse contar vantagem! Destruí-la então? Claro. Foi ao banheiro e, debruçada no vaso, olhou para a superfície líquida; rasgou o envelope em diversos pedaços, jogou-os lá dentro, puxou a descarga, mas dobrou a carta e a levou para o quarto. Abriu o armário de roupa íntima e enfiou a carta debaixo dos sutiãs. Ao fazer isso, tornou a ouvir o riso debochado do negro e pensou que era parecida com todas as mulheres; seus sutiãs de repente lhe pareceram vulgares e tolamente femininos.

16

Apenas uma hora depois, entrando em casa, Jean-Marc mostrou uma participação de falecimento a Chantal: "Encontrei hoje de manhã na caixa. F. morreu".

Chantal ficou quase contente de que uma outra carta, mais séria, encobrisse o ridículo da sua. Pegou Jean-Marc pelo braço e o levou para a sala, sentando-se em frente a ele.

Chantal: "Apesar de tudo você está comovido".

"Não", disse Jean-Marc, "ou melhor, estou comovido por não estar comovido."

"Nem agora você o perdoou?"

"Perdoei-lhe tudo. Mas não se trata disso. Já comentei com você aquele curioso sentimento de alegria que experimentei quando decidi, algum tempo atrás, não vê-lo mais. Eu estava frio como uma pedra de gelo e me alegrava com isso. Ora, sua morte não mudou em nada esse sentimento."

"Você me assusta. Realmente, me assusta."

Jean-Marc levantou para buscar a garrafa de conhaque e dois copos. Em seguida, depois de ter bebido um gole: "No fim da minha visita ao hospital, ele começou a contar suas lembranças. Lembrou-me de coisas que devo ter dito quando tinha dezesseis anos. Naquele momento, compreendi o único sentido que a amizade pode ter hoje. A amizade é indispensável ao homem para o bom funcionamento de sua memória. Lembrar-se do passado, carregá-lo sempre consigo, é talvez a condição necessária para conservar, como se diz, a integridade do seu eu. Para que o eu não se encolha, para que guarde seu volume, é preciso regar as lembranças como flores num vaso e essa rega exige um contato regular com as testemunhas do passado, quer dizer, com os amigos. Eles são nosso espelho; nossa memória; não exigimos nada deles, a não ser que de vez em quando lustrem esse espelho para que possamos nos olhar nele. Mas estou pouco ligando para o que fazia no ginásio! O que sempre desejei, desde a adolescência, desde a infância talvez, foi outra coisa: a amizade como valor elevado acima de todos os outros. Gostava de dizer: entre a verdade e o amigo, escolho sempre o amigo. Dizia para provocar, mas acreditava seriamente nisso. Hoje sei que essa máxima está superada. Podia ser válida para Aquiles, amigo de Pátroclo, para os mosqueteiros de Alexandre Dumas, até mesmo para Sancho, que era um amigo verdadeiro de seu amo, apesar de todas as suas desavenças. Mas para nós ela não vale mais. Vou tão longe no meu pessimismo que hoje estou pronto a preferir a verdade à amizade".

Depois de saborear outro gole: "A amizade para mim era a prova de que existe alguma coisa mais forte do que a ideologia, do que a religião, do que a nação. No romance de Dumas, os quatro amigos se encontram muitas vezes em campos opostos, obrigados assim a lutar uns contra os outros.

Mas isso não altera a amizade deles. Não deixam de se ajudar, em segredo, disfarçadamente, pouco ligando para a verdade de seus respectivos campos. Puseram sua amizade acima da verdade, da causa, das ordens superiores, acima do rei, da rainha, acima de tudo".

Chantal lhe acariciou a mão e, após uma pausa, ele disse: "Dumas escreveu a história dos mosqueteiros com um recuo de dois séculos. Será que já sentia a nostalgia do universo perdido da amizade? Ou o desaparecimento da amizade é um fenômeno mais recente?".

"Não posso responder. A amizade não é o problema das mulheres."

"O que você quer dizer?"

"O que estou dizendo. A amizade é o problema dos homens. É o romantismo deles. Não o nosso."

Jean-Marc bebeu um gole de conhaque, depois retomou suas ideias: "Como a amizade nasceu? Certamente como uma aliança contra a adversidade, aliança sem a qual o homem ficaria desarmado perante seus inimigos. Talvez não se tenha mais necessidade de uma aliança desse tipo".

"Sempre existirão inimigos."

"Sim, mas são invisíveis e anônimos. As administrações, as leis. O que um amigo pode fazer por você se decidem construir um aeroporto na frente da sua janela ou se você é demitida? Se alguém a ajudar, é alguém anônimo e invisível, uma organização de assistência social, uma associação para a defesa do consumidor, um escritório de advocacia. A amizade não pode ser testada por nenhuma prova. A ocasião não se presta mais para que procuremos um amigo ferido num campo de batalha, nem para que possamos desembainhar a espada para defendê-lo contra bandidos. Atravessamos nossas vidas sem grandes perigos mas também sem amizade."

"Se é verdade, isso deveria reconciliá-lo com F."

"Admito de bom grado que ele não teria compreendido minhas queixas se eu as tivesse revelado. Quando os outros me atacaram, ele se calou. Mas devo ser justo: ele considerou seu silêncio corajoso. Contaram-me que até se gabava de não ter sucumbido à psicose que imperava contra a minha pessoa e de não ter dito nada que pudesse me prejudicar. Ficou, portanto, com a consciência tranquila e deve ter ficado ofendido quando, inexplicavelmente, deixei de procurá-lo. Errei ao querer dele mais do que a neutralidade. Se ele tivesse se arriscado a me defender naquele ambiente hostil e maldoso, também teria ficado exposto a problemas, conflitos, aborrecimentos. Como pude exigir isso dele? Ainda mais sendo meu amigo! Foi bem pouco amigável de minha parte! Digamos de outro modo: foi pouco polido. Pois a amizade esvaziada de seu conteúdo de antigamente se transformou hoje num contrato de atenções recíprocas, em suma, num contrato de polidez. Ora, é pouco polido pedir a um amigo uma coisa que poderia constrangê-lo ou ser desagradável para ele."

"É verdade, é assim mesmo. Mas você tem que falar isso sem amargura. Sem ironia."

"Falo sem ironia. É assim."

"Se você é alvo de algum ódio, se é acusado, se é atirado às feras, pode esperar dois tipos de reação por parte de quem o conhece: alguns vão se unir à voz geral, outros, discretamente, vão fingir não saber de nada, não ouvir nada, e portanto você poderá continuar a encontrá-los e a falar com eles. Essa segunda categoria, discreta, delicada, são os seus amigos. Amigos no sentido moderno da palavra. Escute, Jean-Marc, sei disso há muito tempo."

17

Na tela, vê-se um traseiro em posição horizontal, belo, sexy, em primeiro plano. A mão que o acaricia ternamente parece saborear a pele daquele corpo nu, dócil, abandonado. Depois a câmera se afasta e se pode ver aquele corpo inteiro, deitado numa cama pequena: é um bebê sobre o qual a mãe se inclina. Na sequência seguinte, ela o levanta e seus lábios entreabertos beijam a boca mole, úmida e aberta do recém-nascido. Nesse momento, a câmera se aproxima e o mesmo beijo, isolado, em primeiro plano, se transforma de repente num beijo sensual de amor.

Nesse ponto, Leroy parou o filme: "Estamos sempre em busca de uma maioria. Como os candidatos à presidência dos Estados Unidos durante a campanha eleitoral. Colocamos um produto no círculo encantado das imagens capazes de reunir uma maioria de compradores. Na busca de imagens, tendemos a supervalorizar a sexualidade. Mas cuidado. Apenas uma pequena minoria sente um prazer verdadeiro com a vida sexual".

Leroy fez uma pausa para saborear a surpresa do pequeno grupo de colaboradores que convoca uma vez por semana para um seminário sobre uma campanha, um comercial, um cartaz. Eles sempre souberam que o que agrada seu chefe não é a concordância imediata deles mas seu espanto. Foi por isso que uma senhora distinta, usando uma porção de anéis nos dedos envelhecidos, ousou contradizê-lo: "Todas as pesquisas afirmam o contrário!".

"Claro", disse Leroy. "Se alguém a interrogar, cara senhora, sobre sua sexualidade, será que a senhora diria a verdade? Mesmo se quem faz a pergunta não sabe seu nome, mesmo se pergunte por telefone e não a esteja vendo, a senhora iria mentir: 'A senhora gosta de fazer amor?' 'E como!' 'Quantas vezes?' 'Seis vezes por dia!' 'A senhora gosta de baixarias?' 'Adoro!'. Mas tudo isso é puro fingimento. O erotismo, comercialmente, é uma coisa ambígua, pois se todo mundo deseja uma vida erótica, todo mundo também a odeia como causa de suas desgraças, de suas frustrações, de seus desejos, de seus complexos, de seus sofrimentos."

Ele os fez rever a mesma sequência do comercial de televisão; Chantal olha os lábios úmidos tocando em primeiro plano os outros lábios úmidos e se dá conta (é a primeira vez que se dá conta disso com tanta clareza) de que Jean-Marc e ela nunca se beijavam daquela maneira. Ela mesma fica espantada: seria verdade? será que nunca se beijavam assim?

Sim. Quando ainda não sabiam como se chamavam. No salão de um hotel de montanha, entre pessoas que bebiam e conversavam, falaram banalidades, mas o tom de suas vozes levou-os a compreender que sentiam desejo um pelo outro e escaparam para um corredor deserto onde, sem dizer nada, se beijaram. Ela abriu a boca e enfiou a língua na boca de Jean-Marc, disposta a lamber tudo o que encontrasse ali dentro. O fervor que suas línguas demonstravam não era uma necessidade sensual, mas uma pressa de levar o outro a saber que estavam prontos para se amar, imediatamente, inteiramente, selvagemente e sem perda de tempo. Suas salivas não tinham nada a ver com o desejo ou com o prazer, eram mensageiras. Eles não tinham coragem de dizer diretamente e em voz alta "quero fazer amor com você, imediatamente, sem demora", deixavam então que a saliva falasse em nome deles. Foi por isso que durante o encontro amoroso (que aconteceu poucas horas depois do primeiro beijo) suas bocas, provavelmente (ela já não se lembra, mas com o recuo do tempo tem quase certeza), não se interessavam mais uma pela outra, não se tocavam, não se lambiam e nem mesmo se davam conta desse escandaloso desinteresse recíproco.

Leroy parou de novo o comercial: "O essencial é encontrar imagens que mantenham o interesse erótico sem exacerbar as frustrações. É desse ponto de vista que essa sequência nos interessa: a imaginação sensual é despertada mas imediatamente desviada para o domínio da maternidade. Pois o contato corporal íntimo, a ausência de segredo pessoal, a mistura de salivas, isso não é exclusividade do erotismo adulto, tudo existe na relação do bebê com a mãe, nessa relação que é o paraíso original de todas as alegrias físicas. A propósito, filmaram a vida de um feto no interior de uma futura mãe. Numa posição acrobática que nos seria impossível imitar, o feto praticava a felação de seu próprio membro minúsculo. Estão vendo, a sexualidade não é exclusividade de corpos jovens e bem feitos que despertam um ciúme amargo. A autofelação de um feto vai enternecer todas as avós do mundo, até as mais amargas, até as mais puritanas. Pois o bebê é o denominador comum mais forte, maior, mais certo de todas as maiorias. E um feto, meus caros amigos, é mais do que um bebê, é um arquibebê, um superbebê!".

E mais uma vez os fez ver o mesmo comercial, e mais uma vez Chantal sentiu uma leve repugnância ao ver duas bocas úmidas se tocarem. Lembrou-se de que na China e no Japão, segundo o que lhe contaram, a cultura erótica não conhece o beijo de boca aberta. A troca de salivas não é, portanto, uma fatalidade do erotismo, mas um capricho, um desvio, uma sujeira especificamente ocidental.

Terminada a projeção, Leroy concluiu: "A saliva das mães, essa é a cola que vai unir essa maioria que queremos juntar para transformá-la em clientes da marca Roubachoff". E Chantal corrige sua velha metáfora: não é um perfume de rosa, imaterial, poético, que passa através dos homens, mas a saliva, material e prosaica, que, com o exército dos micróbios, passa da boca da amante para a do seu amante, do amante para sua esposa, da esposa para seu bebê, do bebê para sua tia, da tia, garçonete num restaurante, para seu cliente, em

41

cuja sopa ela cuspiu, do cliente para sua esposa, da esposa para seu amante e daí para outras bocas, e assim cada um de nós está imerso num mar de salivas que se misturam fazendo de nós uma única comunidade de salivas, uma única humanidade úmida e unida.

18

Naquela noite, em meio ao barulho dos motores e das buzinas, ela voltou cansada para casa. Ávida de silêncio, abriu a porta do edifício e ouviu gritos dos operários e marteladas. O elevador estava quebrado. Subindo a escada, sentiu o calor detestável invadi-la, e as marteladas ressoando no vão da escada pareciam o rufar de tambores que acompanhava esse calor, exacerbava-o, amplificava-o, glorificava-o. Encharcada de suor, parou diante da porta do apartamento e esperou um minuto para que Jean-Marc não a visse com aquela máscara vermelha.

"O fogo crematório me apresenta seu cartão de visita", pensou. Essa frase não fora inventada por ela; atravessou sua mente sem que ela o soubesse como. De pé diante da porta, naquele barulho incessante, repetiu-a várias vezes para si mesma. Não gostava dessa frase, sua característica ostensivamente macabra lhe parecia de mau gosto, mas não conseguia esquecê-la.

Finalmente, os martelos pararam, o calor começou a se atenuar e ela entrou. Jean-Marc a beijou, mas, enquanto lhe contava alguma coisa, as marteladas, apesar de um pouco amortecidas, ressoaram de novo. Tinha a impressão de estar sendo perseguida, de não conseguir se esconder em nenhum lugar. Com a pele sempre úmida, disse sem nenhuma lógica: "O fogo crematório é a única maneira de não deixar nosso corpo à mercê deles".

Notou o olhar surpreso de Jean-Marc e compreendeu a incongruência que acabara de dizer; depressa, começou a falar do comercial que vira e do que Leroy tinha lhes contado, e sobretudo do feto fotografado no interior do ventre materno. Que, numa posição acrobática, conseguia um tipo de masturbação tão perfeita que nenhum adulto seria capaz de praticar.

"Um feto com vida sexual, imagine só! Ainda não tem nenhuma consciência, nenhuma individualidade, nenhuma percepção, mas já sente uma pulsão sexual e, talvez, prazer. Nossa sexualidade precede, portanto, nossa consciência de nós mesmos. Nosso eu ainda não existe, mas nossa concupiscência sim. E imagine que essa ideia comoveu todos os meus colegas! Diante do feto masturbador, ficaram com lágrimas nos olhos!"

"E você?"

"Senti repulsa. Ah, Jean-Marc, repulsa."

Estranhamente comovida, ela o abraçou, apertou seu corpo contra o dele e ficou assim por alguns demorados segundos.

Depois continuou: "Você se dá conta de que mesmo na barriga, que se considera sagrada, da sua mãe, você não está a salvo. Você é filmado, espionado, observam sua masturbação. Sua pobre masturbação de feto. Você não vai escapar vivo deles, todo mundo sabe. Mas não escapa deles nem mesmo antes do nascimento. Como também não escapará deles depois da morte. Lembro do que li tempos atrás num jornal: desconfiaram que um sujeito que tinha vivido com o nome de um grande aristocrata russo exilado era impostor. Depois da morte dele, para desmascará-lo retiraram do túmulo os restos mortais de uma camponesa que supunham ser sua mãe. Dissecaram seus ossos, analisaram os genes. Gostaria de saber que nobre causa lhes deu o direito de desenterrar a pobre mulher! De investigar sua nudez, essa nudez absoluta, essa supranudez do esqueleto! Ah, Jean-Marc, sinto apenas repulsa, nada além de repulsa. E a história da cabeça de Haydn, você conhece? Cortaram a cabeça do cadáver ainda quente para que um sábio maluco pudesse descascar o cérebro e precisar o lugar onde o gênio da música residia. E a história de Einstein? Ele tomou o cuidado de escrever em seu testamento que queria ser cremado. Obedeceram, mas seu fiel e devotado discípulo se recusou a viver sem o olhar do mestre. Antes da cremação, ele arrancou os olhos do cadáver e os colocou numa garrafa de álcool para que ficassem olhando para ele até a hora da sua própria morte. É por isso que acabei de lhe dizer que, para nosso corpo escapar deles, só o fogo crematório. É a única morte absoluta. E não quero nenhuma outra. Jean-Marc, quero uma morte absoluta".

Depois de uma pausa, as marteladas ressoaram mais uma vez na sala.

"Apenas cremada terei a certeza de não ouvi-las mais."

"Chantal, o que é que você tem?"

Ela olhou para ele, depois virou as costas, de novo comovida. Comovida, dessa vez, não pelo que acabara de dizer, mas por causa da voz de Jean-Marc, carregada da preocupação que ele tinha por ela.

19

No dia seguinte ela foi ao cemitério (como faz pelo menos uma vez por mês) e parou diante do túmulo do filho. Quando vai lá, sempre fala com ele e naquele dia, como se sentisse necessidade de se explicar, de se justificar, disse-lhe, meu querido, meu querido, não pense que não te amo ou que não te amei, é precisamente porque te amei que não poderia ter me tornado aquela que sou se você ainda estivesse aqui. É impossível ter um filho e desprezar o mundo como ele é, pois foi a este mundo que o destinamos. É por causa do filho que nos prendemos ao mundo, pensamos no seu futuro, participamos de bom grado de seus ruídos, de suas agitações, levamos a sério sua estupidez incurável. Com a sua morte, você me privou do prazer de estar com você, mas ao mesmo tempo me tornou livre. Livre diante do mundo que não amo. E, se posso me permitir não amá-lo, é porque você não está mais aqui. Meus pensamentos sombrios já não podem lhe trazer nenhuma maldição. Quero lhe dizer agora, tantos anos depois que você me deixou, que compreendi sua morte como um presente e que acabei aceitando esse terrível presente.

20

Na manhã seguinte, achou um envelope na caixa, com a mesma letra do desconhecido. A carta não tinha mais nenhuma leveza lacônica. Parecia um longo relatório. "Sábado passado", escreveu o correspondente, "às nove horas e vinte e cinco minutos você saiu de casa, mais cedo do que nos outros dias. Tenho o hábito de segui-la em seu trajeto até o ônibus, mas dessa vez você tomou a direção oposta. Levava uma sacola e entrou numa tinturaria. A dona deve conhecê-la bem e talvez goste de você. Observei-a da rua: como se acordasse de um cochilo, o rosto dela se tornou radiante, você com certeza fez alguma brincadeira, ouvi o riso dela, riso que você provocou e no qual julguei ver o reflexo do seu rosto. Depois você saiu, com a sacola cheia. Seriam os seus suéteres, ou toalhas, ou lençóis? Em todo caso, a sacola me dava a impressão de alguma coisa acrescentada à sua vida artificialmente." Ele descreveu sua roupa e as pérolas em volta do pescoço. "Eu nunca tinha visto aquelas pérolas antes. São bonitas. A cor vermelha fica bem em você. Ela a ilumina."

Essa carta está assinada: C. D. B. Isso a deixa intrigada. A primeira não tinha assinatura e ela pôde pensar que esse anonimato era, por assim dizer, sincero. Um desconhecido que lhe fizera um sinal para logo depois desaparecer. Mas uma assinatura, mesmo abreviada, demonstrava a intenção de se fazer reconhecer, pouco a pouco, lenta mas inevitavelmente. C. D. B., repete ela sorrindo: Cyrille-Didier Bourguiba. Charles-David Barberousse.

Reflete sobre o texto: esse homem deve tê-la seguido na rua; "sigo-a como um espião", escreveu ele na primeira carta; então ela devia tê-lo visto. Mas ela olha para o mundo em torno com pouco interesse, e naquele dia com menos interesse ainda, pois Jean-Marc estava com ela. Aliás, foi ele e não ela que fez a dona da tinturaria rir e que levou a sacola. Releu ainda aquelas palavras: "a sacola me dava a impressão de alguma coisa acrescentada à sua vida artificialmente". Como a sacola tinha sido "acrescentada à vida dela", se Chantal não a levava? Essa coisa "acrescentada à vida dela" não seria o próprio Jean-Marc? Seu correspondente não quis assim atacar, disfarçadamente, seu bem-amado? Depois, achando graça, ela se dá conta do lado cômico da sua reação: ela é capaz de defender Jean-Marc mesmo contra um amante imaginário.

Como da primeira vez, não sabia o que fazer com a carta e o balé da indecisão se repetia em todas as suas fases: olhou para o vaso sanitário, onde se dispôs a jogá-la; rasgou o envelope em pedacinhos, que fez desaparecer com a água; dobrou depois a carta, levou-a para o quarto e a enfiou debaixo dos sutiãs. Ao se inclinar sobre a prateleira da roupa-branca, ouviu a porta abrir. Fechou depressa o armário e se virou: Jean-Marc estava à porta.

Vai lentamente em sua direção e olha para ela como nunca fizera antes, com um olhar desagradavelmente concentrado, e quando chega bem perto, segura-a pelos cotovelos e, mantendo-a uns trinta centímetros distante de seu corpo, não para de olhar para ela. Ela fica confusa, incapaz de falar. Quando a confusão se torna insuportável, ele a aperta contra si e diz rindo: "Queria olhar sua pálpebra, que limpa sua córnea como o limpador limpa o para-brisa".

21

Desde seu último encontro com F., ele pensa nisso: o olho: a janela da alma; o centro da beleza do rosto; o ponto em que se concentra a identidade de um indivíduo; mas ao mesmo tempo um instrumento de visão que tem que ser limpo sem cessar, umedecido, conservado por um líquido especial com uma dose de sal. O olhar, a maior maravilha que um homem possui, é, portanto, interrompido regularmente por um movimento mecânico de limpeza. Como um para-brisa é limpo por seu limpador. Hoje em dia, aliás, pode-se regular a velocidade do limpador de para-brisa para que cada movimento seja interrompido por uma pausa de dez segundos, que é, mais ou menos, o ritmo de uma pálpebra.

Jean-Marc olha para os olhos daqueles com quem conversa e tenta observar o movimento da pálpebra; constata que não é fácil. Não estamos acostumados a tomar consciência da pálpebra. Pensa: não há nada que eu veja mais seguidamente do que os olhos dos outros, portanto as pálpebras e seu movimento. E, no entanto, não me fixo nesse movimento. Eu o deduzo dos olhos que estão na minha frente.

Pensa ainda: distraindo-se em sua oficina, Deus chegara, por acaso, a esse modelo de corpo de que todos somos obrigados, por um curto espaço de tempo, a nos tornar a alma. Mas que destino lamentável esse de ser a alma de um corpo fabricado sem maior cuidado e no qual o olho não pode olhar sem que seja limpo a cada dez ou vinte segundos! Como acreditar que o outro na nossa frente seja um ser livre, independente, dono de si mesmo? Como acreditar que o corpo seja a expressão fiel da alma que o habita? Para poder acreditar nisso, foi preciso que esquecêssemos o piscar incessante da pálpebra. Foi preciso que esquecêssemos a oficina de faz-tudo de onde viemos. Foi preciso que nos submetêssemos a um contrato do esquecimento. Foi o próprio Deus que nos impôs isso.

Mas houve certamente, entre a infância e a adolescência de Jean-Marc, um curto período em que ele ainda não tinha tomado consciência desse compromisso com o esquecimento e em que, atordoado, via a pálpebra deslizar sobre o olho: constatou que o olho não é uma janela pela qual se vê a alma, única e milagrosa, mas um aparelho improvisado que alguém pôs em funcionamento em tempos imemoriais. Esse momento de súbita lucidez adolescente deve ter sido um choque. "Você parou", dissera-lhe F., "me encarou e disse num tom curiosamente firme: muitas vezes basta vê-las piscar o olho..." Ele não se lembrava mais. Fora um choque destinado ao esquecimento. E, de fato, ele o teria esquecido para sempre se F. não o tivesse lembrado.

Mergulhado em seus pensamentos, ele voltou para casa e abriu a porta do quarto de Chantal. Ela estava arrumando alguma coisa dentro do armário e Jean-Marc ficou com vontade de ver a pálpebra enxugar seu olho, seu olho que era para ele a janela de uma alma inefável. Dirigiu-se para ela, segurou-a pelos cotovelos e olhou para seus olhos; de fato, eles piscavam, depressa até, como se ela soubesse que estava sendo submetida a um exame.

Ele via a pálpebra descer e subir, depressa, muito depressa, e queria reencontrar sua própria sensação, a sensação do Jean--Marc de dezesseis anos, que tinha considerado esse mecanismo ocular desesperadamente decepcionante. Mas a velocidade anormal da pálpebra e a súbita irregularidade de movimentos mais o enterneciam do que decepcionavam: no limpador de para-brisa da pálpebra de Chantal, ele via a asa de sua alma, a asa que tremia, que se apavorava, que se debatia. A emoção foi brusca como um raio e ele apertou Chantal contra si.

Depois a soltou e viu seu rosto, confuso, amedrontado. Disse-lhe: "Queria olhar sua pálpebra, que limpa sua córnea como o limpador limpa o para-brisa".

"Não entendo o que você está dizendo", disse ela, subitamente tranquila.

E ele lhe falou da lembrança esquecida que o amigo desamado evocara.

22

"Quando F. me lembrou da reflexão que, segundo ele, eu havia feito quando estava no ginásio, tive a impressão de ouvir uma coisa totalmente absurda."

"Que nada", disse-lhe Chantal, "pelo que conheço de você, deve ter dito mesmo. Tudo coincide. Lembre-se da sua opção pela medicina!"

Jean-Marc nunca subestimava o momento mágico em que um homem escolhe sua profissão. Sabendo que a vida é curta demais para que essa escolha não seja irreparável, ficara angustiado ao constatar que nenhuma profissão o atraía espontaneamente. Com ceticismo, examinara o leque das possibilidades que se ofereciam: os promotores, que consagram toda a vida à perseguição dos outros; os professores, sacos de pancadas de alunos mal-educados; as disciplinas técnicas, cujo progresso traz juntamente com uma pequena vantagem uma enorme nocividade; o falatório, tão sofisticado quanto vazio, das ciências humanas; a arquitetura de interiores (ela o atraía por causa da lembrança de seu avô, que era marceneiro), completamente sujeita aos modismos que detestava; a profissão dos pobres farmacêuticos, reduzidos a vendedores de caixas e frascos. Quando se perguntava: que profissão escolher para toda a minha vida? seu foro íntimo caía no mais embaraçado dos silêncios. Se no fim tinha se decidido pela medicina, não obedecera a nenhuma vocação secreta mas a um idealismo altruísta: considerava a medicina a única ocupação incontestavelmente útil ao homem e aquela cujos progressos técnicos trazem um mínimo de efeitos negativos.

As decepções não tardaram quando, no decorrer do segundo ano, teve que fazer estágio na sala de dissecação: sofreu um choque do qual nunca mais se recuperou: era incapaz de olhar para a morte de frente; pouco depois admitiu para si mesmo que a verdade era ainda pior: era incapaz de olhar para o corpo de frente: sua imperfeição fatal, irresponsável; o relógio de decomposição que rege sua marcha; seu sangue, suas entranhas, sua dor.

Quando falou com F. sobre sua repugnância pelo movimento da pálpebra, devia ter dezesseis anos. Quando decidiu estudar medicina, devia ter dezenove; nessa época, já tendo assinado o contrato do esquecimento, não se lembrava mais do que dissera a F. três anos antes. Uma pena para ele. Essa lembrança poderia tê-lo tornado mais cauteloso. Poderia tê-lo feito compreender que sua escolha da medicina era teórica, feita sem o menor conhecimento de si.

Assim, estudou medicina durante três anos antes de abandoná-la com um sentimento de naufrágio. O que escolher depois desses anos perdidos? A que se agarrar se seu foro íntimo continuava tão mudo quanto antes? Desceu pela última vez a grande escadaria externa da faculdade com o sentimento de que iria ficar sozinho na plataforma de uma estação da qual todos os trens haviam partido.

23

Para identificar seu correspondente, discreta mas atentamente Chantal olhava à sua volta. Na esquina da rua deles havia um bistrô: o lugar ideal para quem quisesse espioná-la; dali se vê a entrada de seu prédio, as duas ruas pelas quais ela passa todos os dias e o ponto de ônibus. Ela entrou, sentou, pediu um café e examinou os fregueses. No balcão, viu um rapaz que tinha desviado o olhar quando ela entrara. Era um freguês habitual que ela conhecia de vista. Até se lembrou que, em outros tempos, seus olhares se cruzaram várias vezes e que, em seguida, ele passara a fingir que não mais a via.

Um outro dia, ela o mostrou à sua vizinha. "É Dubarreau!" "Dubarreau ou Du Barreau?" A vizinha não sabia. "E o nome dele? Você sabe?" Não, ela não sabia.

Du Barreau, poderia ser. Nesse caso, seu admirador não seria um Charles-Didier nem um Christophe-David, o D representaria a partícula nobiliária e Du Barreau teria apenas um nome. Cyrille du Barreau. Ou melhor: Charles. Imagina uma família de aristocratas de província arruinados. Família ridiculamente orgulhosa dessa partícula nobiliária. Imagina Charles du Barreau diante do balcão, exibindo sua indiferença, e pensa que essa partícula nobiliária lhe vai bem, que corresponde perfeitamente a seu ar blasé.

Pouco depois, caminha pela rua com Jean-Marc e cruza com Du Barreau. Ela traz em torno do pescoço as pérolas vermelhas. Foi um presente de Jean-Marc, mas, achando-as muito espalhafatosas, usava-as raramente. Percebe que está com elas porque Du Barreau as achava bonitas. Devia pensar (com toda a razão, aliás!) que era por causa dele, que era para ele que as estava usando. Ele olha brevemente para ela, ela também olha para ele e, pensando nas pérolas, enrubesce. Enrubesce até os seios e tem certeza de que ele deve ter

percebido. Mas já passaram por ele, ele já está longe e é Jean-
-Marc que se espanta: "Você enrubesceu! Por quê? O que foi
que houve?".

Ela também se espanta; por que enrubesceu? Por vergonha de dar tanta atenção àquele homem? Mas a atenção que
lhe dá é apenas uma curiosidade insignificante! Meu Deus,
por que, nos últimos tempos, enrubesce tanto e com tanta
facilidade, como uma adolescente?

Quando adolescente, de fato ela enrubescia muito; estava no começo do percurso fisiológico da mulher e seu corpo
se tornava uma coisa embaraçosa de que ela sentia vergonha.
Adulta, esqueceu de enrubescer. Depois, os acessos de calor
lhe anunciavam o fim do percurso, e seu corpo, de novo, lhe
dava vergonha. Reavivando-se o pudor, ela reaprendeu a enrubescer.

24

Outras cartas chegaram e ela se tornou cada vez menos
capaz de negligenciá-las. Eram inteligentes, decentes, nada
ridículas, nada importunas. Seu correspondente não queria
nada, não pedia nada, não insistia em nada. Tinha a sabedo-
ria (ou a astúcia) de deixar na sombra sua própria personali-
dade, sua vida, seus sentimentos, seus desejos. Era um espião; escrevia apenas sobre ela. Não eram cartas de sedução
mas de admiração. E, se houvesse sedução nelas, essa era
concebida como um longo caminho. A carta que acabara de
receber era, no entanto, mais audaciosa: "Durante três dias,
eu a perdi de vista. Quando tornei a vê-la, fiquei maravilhado com seu andar tão leve, tão sedento das alturas. Você
parecia uma chama, que, para existir, tem que dançar e se
elevar. Mais longilínea do que nunca, você andava cercada de
chamas, de chamas alegres, báquicas, embriagadas, selva-

gens. Pensando em você, jogo sobre seu corpo nu um manto feito de chamas. Cubro seu corpo branco com um manto carmim de cardeal. E, assim coberta, levo-a para um quarto vermelho, para uma cama vermelha, minha cardeala vermelha, belíssima cardeala!".

Alguns dias depois, ela comprou uma camisola vermelha. Estava em casa e se olhava no espelho. Olhava-se por todos os ângulos, levantava lentamente a bainha da camisola e tinha a impressão de nunca ter sido tão longilínea, de nunca ter tido a pele tão branca.

Jean-Marc chegou. Ficou surpreso ao vê-la, com um andar coquete e sedutor, vestindo uma camisola vermelha magnificamente cortada, caminhar em direção a ele, contorná-lo, escapar dele, aproximar-se para depois de novo fugir. Deixando-se seduzir pelo jogo, ele a perseguiu por todo o apartamento. De pronto, a situação imemorial de uma mulher perseguida por um homem se apresenta e o fascina. Ela corre em volta da grande mesa redonda, ela mesma embriagada com a imagem de uma mulher que corre diante de um homem que a deseja, depois se refugia na cama e levanta a camisola até o pescoço. Ele a ama nesse dia com uma força nova e inesperada, e subitamente ela tem a impressão de que alguém está ali, no quarto, observando-os com uma atenção alucinada, vê seu rosto, o rosto de Charles du Barreau, que lhe impôs a camisola vermelha, que lhe impôs aquele ato de amor, e ao imaginar isso grita de prazer.

Agora, respiram lado a lado, e a imagem daquele que a está espionando a excita; sopra qualquer coisa ao ouvido de Jean-Marc sobre o manto carmim que ela pôs sobre o corpo inteiramente nu para atravessar assim, belíssima cardeala, a igreja lotada de fiéis. Ao ouvir essas palavras, ele a toma de novo nos braços e, embalado nessas ondas de fantasias de que ela não para de lhe falar, torna a lhe fazer amor.

Depois, tudo se acalma; diante de seus olhos resta apenas

a camisola vermelha, amarrotada por seus corpos, num canto da cama. Diante de seus olhos semicerrados, essa mancha vermelha se transforma num canteiro de rosas e ela sente o perfume frágil quase esquecido, o perfume da rosa desejando envolver todos os homens.

25

No dia seguinte, um sábado de manhã, abriu a janela e viu o céu admiravelmente azul. Sentiu-se feliz e alegre e, sem pensar, disse a Jean-Marc, que estava de saída: "O que estará fazendo o meu pobre Britannicus?".

"Por quê?"

"Será que ele continua um lúbrico? Será que ainda está vivo?"

"Por que se lembrou dele?"

"Não sei. Lembrei."

Jean-Marc saiu e ela ficou sozinha. Foi ao banheiro, depois até o armário, com vontade de se fazer linda. Olhou para as prateleiras e alguma coisa chamou sua atenção. Na prateleira dos lençóis, no alto de uma pilha, estava seu xale, bem dobrado, quando ela se lembrava de tê-lo jogado ali de qualquer jeito. Será que alguém tinha arrumado suas coisas? A faxineira vinha uma vez por semana e nunca se ocupava de seus armários. Espantou-se com sua capacidade de observação e pensou que devia isso à educação que havia adquirido nas temporadas na casa de férias. Lá, sentira-se tão espionada que tinha aprendido a guardar na memória a maneira exata como dispunha suas coisas a fim de poder perceber a menor mudança feita por mão estranha. Encantada com a ideia de que esse passado estivesse distante, olhou-se no espelho, satisfeita, e saiu. Embaixo, abriu a caixa, na qual outra carta esperava por ela. Enfiou-a na bolsa e refletiu sobre o lugar onde iria lê-la. Encontrou uma pequena praça onde sentou sob a imensa ramagem outonal de uma tília amarelando, abrasada pelo sol.

"...seus saltos ecoando na calçada me fazem pensar nos caminhos que não percorri e que se ramificam como os galhos de uma árvore. Você despertou em mim a obsessão da minha primeira juventude: imaginava a vida diante de mim como uma árvore. Chamava-a então de árvore das possibilidades. É só por um período curto que se vê a vida assim. Depois, ela aparece como uma estrada imposta de uma vez por todas, como um túnel do qual não se pode sair. No entanto, a antiga imagem da árvore permanece em nós sob a forma de uma indelével nostalgia. Você me fez lembrar dessa árvore e quero, em retribuição, transmitir-lhe sua imagem, para que você possa ouvir seu murmúrio enfeitiçador."

Ela levantou a cabeça. Em cima, como um teto de ouro enfeitado de pássaros, estendia-se a ramagem da tília. Como se fosse a mesma árvore de que falava a carta. A árvore metafórica se confundia na mente dela com sua velha metáfora da rosa. Precisava voltar para casa. Como se dissesse adeus, levantou mais uma vez os olhos em direção à tília e se foi.

Para falar a verdade, a rosa mitológica de sua adolescência não lhe trouxe tantas aventuras e nem sequer lhe evoca uma situação concreta — exceto a lembrança divertida de um inglês, bem mais velho do que ela, que, pelo menos uns dez anos atrás, visitando a agência, a cortejara durante cerca de meia hora. Só depois ficou sabendo de sua fama de mulherengo inveterado, adepto de surubas. O encontro não teve consequências, a não ser a de ter se tornado assunto de muitas brincadeiras com Jean-Marc (foi ele que deu ao velho o apelido de Britannicus) e a de ter iluminado nela algumas palavras que, até então, lhe eram indiferentes: a palavra *su-*

ruba, por exemplo, e também a palavra *Inglaterra*, que, ao contrário do que desperta nos outros, representa para ela o lugar do prazer e da perversão.

Voltando para casa, continua a ouvir a algazarra dos pássaros na tília e vê o velho inglês pervertido; nas brumas dessas imagens, avança num passo distraído até chegar perto da rua onde mora; ali, uns cinquenta metros adiante, haviam posto as mesas do bistrô na calçada e, numa delas, seu jovem correspondente estava sentado, sozinho, sem livro, sem jornal, sem fazer nada, tendo diante de si um copo de vinho tinto e olhando o vazio com uma expressão de preguiça feliz que corresponde à de Chantal. O coração dela começa a bater. Tudo parecia diabolicamente arranjado! Como é que ele podia saber que a encontraria logo depois de ela ter lido a carta? Perturbada, como se andasse nua sob um manto vermelho, aproxima-se dele, do espião de suas intimidades. Está a alguns passos apenas e espera o momento em que ele a interpelará. O que ela fará? Nunca desejou esse encontro! Mas não pode fugir como uma garota medrosa. Seus passos ficam mais lentos, tenta não olhar para ele (meu Deus, comporta-se realmente como uma garota, será que isso significa que envelheceu tanto assim?), mas curiosamente, com uma indiferença divina, sentado diante de seu copo de vinho tinto, ele olha o vazio e parece não vê-la.

Já está longe dele, continuando seu caminho para casa. Será que Du Barreau não teve coragem? Ou se controlou? Não, não. Sua indiferença fora tão sincera que Chantal não pode mais duvidar: ela se enganou; enganou-se grotescamente.

26

À noite, foi com Jean-Marc a um restaurante. Na mesa ao lado, um casal estava mergulhado num silêncio sem fim.

Administrar um silêncio diante dos olhos dos outros não é coisa fácil. Para onde devem aqueles dois dirigir seu olhar? Seria cômico se eles se olhassem olhos nos olhos sem dizer nada. Cravar os olhos no teto? Pareceria uma exibição de seu mutismo. Observar as mesas vizinhas? Iriam se arriscar a encontrar olhares que se divertiam com o silêncio deles, e seria pior.

Jean-Marc disse a Chantal: "Não é que se detestem. Ou que a indiferença tenha substituído o amor. Você não pode medir a afeição recíproca de dois seres humanos pela quantidade de palavras que trocam. Simplesmente, a cabeça deles está vazia. Talvez até por delicadeza se recusem a falar, já que não têm nada a dizer. Ao contrário da minha tia do Périgord. Quando a encontro, ela fala sem parar. Tentei compreender o segredo de sua loquacidade. Acompanha com palavras tudo o que vê e tudo o que faz. Que acordou de manhã, que só tomou café preto, que em seguida seu marido saiu para passear, imagine, Jean-Marc, quando ele chegou, viu televisão, imagine! Mudou várias vezes de canal e depois, cansado de televisão, folheou uns livros. E assim, são palavras dela, o tempo passa para ele... Sabe, Chantal, gosto muito das frases simples, comuns, e que são como a definição de um mistério. Essa 'e assim o tempo passa para ele' é uma frase fundamental. O problema deles é o tempo, fazer o tempo passar, passar por si mesmo, sozinho, sem esforço da parte deles, sem que sejam obrigados, como andarilhos exaustos, a atravessá-lo, e é por essa razão que ela fala, porque as palavras que ela diz fazem o tempo se mover discretamente, ao passo que, quando sua boca fica fechada, o tempo se imobiliza, sai da obscuridade, enorme, pesado, e assusta minha pobre tia, que, apavorada, procura depressa alguém para contar que sua filha está preocupada com a diarreia do filho, pois é, Jean-Marc, diarreia, diarreia, ela consultou um médico, você não o conhece, ele mora perto de casa, nós o conhecemos há muito tempo, pois é, Jean-Marc, há muito tempo, esse médico até cuidou de mim, um inverno em que tive uma gripe, lembra, Jean-Marc, tive uma febre horrível...".

Chantal sorriu e Jean-Marc contou outra lembrança: "Eu tinha uns catorze anos e meu avô, não o marceneiro, o outro, estava morrendo. Durante dias, de sua boca saía um som que não se parecia com nada, nem sequer com um gemido, porque ele não estava sofrendo, nem com palavras, que não teria conseguido articular, não, ele não tinha perdido a fala, simplesmente não tinha nada a dizer, nada a comunicar, nenhuma mensagem concreta, não tinha sequer com quem falar, não se interessava mais por ninguém, estava sozinho com o som que emitia, apenas um som, um aaaaa, que só se interrompia nos momentos em que ele tinha que inspirar. Eu olhava para ele, como que hipnotizado, e nunca me esqueci disso, pois, apesar de criança, acho que compreendi: eis a existência como tal, confrontada com o tempo como tal; e compreendi que essa confrontação se chama tédio. O tédio do meu avô se exprimia por esse som, por esse aaaaa infinito, porque sem esse aaaaa o tempo o teria esmagado, e meu avô só tinha essa arma para brandir contra o tempo, esse pobre aaaaa que não acabava mais".

"Você quer dizer que ele estava morrendo e se entediava?"

"É isso que quero dizer."

Eles falam da morte, do tédio, bebem vinho bordeaux, riem, se divertem, estão felizes.

Depois Jean-Marc retoma sua ideia: "Diria que a quantidade de tédio, se o tédio pudesse ser medido, é hoje muito maior do que antigamente. Porque as profissões de outrora, pelo menos para boa parte das pessoas, seriam inconcebíveis sem um apego passional: os camponeses apaixonados por sua terra; meu avô, o mago das lindas mesas; os sapateiros, que conheciam de cor os pés de todos os moradores do povoado; os guardas-florestais; os jardineiros; acho que até mesmo os soldados matavam com paixão. O sentido da vida não era um problema, estava com eles, de modo inteiramente natural, em suas oficinas, em suas terras. Cada profissão criava sua própria mentalidade, sua própria maneira de ser. Um médico pensava de forma diferente de um camponês, um militar tinha um comportamento diferente de um professor. Hoje somos todos parecidos, todos unidos pela indiferença comum em relação ao nosso trabalho. Essa indiferença se tornou paixão. A única grande paixão coletiva de nosso tempo".

Chantal disse: "Mas, escute aqui, você mesmo, quando foi instrutor de esqui, quando escreveu em revistas sobre arquitetura de interiores ou mais tarde sobre medicina, ou quando trabalhou como desenhista numa marcenaria...".

"...é, foi disso que mais gostei, mas não deu certo..."

"...ou então quando ficou desempregado, sem fazer nada, também deve ter se entediado!"

"Tudo mudou quando a conheci. Com certeza não foi porque meus trabalhos modestos se tornaram mais apaixonantes. Mas porque transformo tudo o que acontece à minha volta em assunto de conversa entre nós."

"Poderíamos falar de outra coisa!"

"Dois seres que se amam, sozinhos, isolados do mundo, é muito bonito. Mas de que iriam alimentar sua convivência? Por mais desprezível que seja o mundo, precisam dele para poder conversar."

"Poderiam se calar."

"Como esses dois, na mesa ao lado?", riu Jean-Marc. "Ah, não, nenhum amor sobrevive ao mutismo."

27

O garçom se inclinava sobre a mesa deles com a sobremesa. Jean-Marc mudou de assunto: "Você conhece aquele mendigo que fica de vez em quando na nossa rua?".

"Não."

"Claro que sim, você com certeza já reparou nele. Aquele homem de uns quarenta anos que parece um funcionário ou um professor de ginásio e que, paralisado de vergonha, estende a mão para pedir uns trocados. Sabe?"

"Não."

"Claro que sim! Ele fica sempre parado debaixo de um plátano, aliás, o único que sobrou na rua. Dá até para ver as folhas da janela."

A imagem do plátano, subitamente, a levou a lembrar dele: "Ah, sim! Sei!".

"Tive uma vontade imensa de falar com ele, de puxar conversa, de saber mais exatamente quem ele é, mas você nem imagina como é difícil."

Chantal não ouve as últimas palavras de Jean-Marc; ela vê o mendigo. O homem debaixo da árvore. Um homem apagado, cuja discrição dá na vista. Sempre vestido impecavelmente, os passantes quase não entendem que ele está mendigando. Há alguns meses, se dirigiu a ela e, muito cortês, lhe pediu uma esmola.

Jean-Marc continuava: "É difícil porque ele deve ser desconfiado. Não entenderia por que eu gostaria de falar com ele. Por curiosidade? Deve ter medo disso. Por piedade? É humilhante. Para lhe fazer alguma proposta? Mas o que iria propor? Tentei me colocar no lugar dele para entender o que ele poderia esperar dos outros. Não encontrei nada".

Ela o imagina debaixo de sua árvore, e é essa árvore que a leva a compreender, subitamente, como num lampejo, que o autor das cartas é ele. Foi pela metáfora da árvore que ele se traiu, ele, o homem debaixo da árvore, impregnado da imagem de sua árvore. Rapidamente seus pensamentos se encadeiam: ninguém a não ser ele, o homem sem emprego e que dispõe de todo o seu tempo, pode colocar discretamente uma carta na sua caixa, ninguém a não ser ele, encoberto pela sua insignificância, pode segui-la despercebido em sua vida cotidiana.

E Jean-Marc prosseguia: "Poderia dizer a ele: venha me ajudar a arrumar a adega. Ele recusaria, não por preguiça, mas porque não tem roupa para trabalhar e precisa conservar seu terno intacto. No entanto, gostaria tanto de falar com ele. Pois ele é meu alter ego!".

Não ouvindo Jean-Marc, Chantal disse: "Como será sua vida sexual?".

"Sua vida sexual", riu Jean-Marc, "nenhuma, nenhuma! Sonhos!"

Sonhos, pensou Chantal. Então ela nada mais era do que o sonho de um infeliz. Por que a escolheu, logo ela?

E Jean-Marc, voltando à sua ideia fixa: "Um dia gostaria de lhe dizer: venha tomar um café comigo, você é meu alter ego. Você vive o destino do qual escapei por acaso".

"Não diga bobagem", disse Chantal. "Você nunca esteve ameaçado de ter um destino desses."

"Nunca esqueço o momento em que deixei a faculdade e compreendi que todos os trens haviam partido."

"É, eu sei, eu sei", disse Chantal, que já ouvira muitas vezes essa história, "mas como é que você pode comparar seu pequeno fracasso com as verdadeiras desgraças de um homem que espera que um passante coloque um trocado na sua mão?"

"Não é um fracasso desistir dos estudos, foi de ambições que desisti naquela época. De repente me tornei um homem sem ambições. E, tendo perdido minhas ambições, me vi na mesma hora à margem do mundo. E, pior ainda: não sentia nenhuma vontade de estar em outro lugar. Minha vontade ainda menor porque nenhuma miséria me ameaçava. Mas, se você não tem ambições, se não está ávido de sucesso, de ser reconhecido, você se instala à beira da queda. Eu me instalei, verdade que bem comodamente. Ainda assim foi à beira da queda que me instalei. Portanto, sem exagero, estou do lado daquele mendigo e não do lado do dono deste restaurante magnífico que tanto me agrada."

Chantal pensou: tornei-me o ídolo erótico de um mendigo. Eis uma honra bem engraçada. Depois se corrigiu: e por que os desejos de um mendigo seriam menos respeitáveis que os de um homem de negócios? Por serem sem esperança, seus desejos têm uma qualidade inestimável: são livres e sinceros.

Ocorreu-lhe em seguida outra ideia: no dia em que, de camisola vermelha, fazia amor com Jean-Marc, aquele terceiro que os observou, que estava com eles, não era o rapaz do bistrô, era aquele mendigo! De fato, foi ele que jogou em seus ombros o manto vermelho, foi ele que fez dela uma cardeala pervertida! Por alguns instantes, essa ideia lhe pareceu desagradável, incômoda, mas seu senso de humor prevaleceu rapidamente e, no fundo de si mesma, silenciosamente, ela riu. Imaginou aquele homem, infinitamente tímido, com sua gravata patética, pregado na parede do quarto deles, com a mão estendida, olhando-os fixa e pervertidamente fazer amor diante dele. Imaginou que, terminada a cena de amor, nua e suando, ela se levanta da cama, pega a bolsa na mesa, procura uma moeda e a põe na mão dele. Mal pôde conter o riso.

28

Jean-Marc olhava para Chantal, cujo rosto de repente se iluminou com uma alegria secreta. Não tinha vontade de lhe perguntar o motivo dessa alegria, contente de saborear o prazer de olhar para ela. Enquanto ela se perdia nessas fantasias absurdas, ele pensava que Chantal era seu único vínculo sentimental com o mundo. Falam-lhe de presos, de perseguidos, de esfomeados? Ele conhece a única maneira de se sentir atingido, pessoalmente, dolorosamente, pela sua desgraça: imaginar Chantal no lugar deles. Falam-lhe de mulheres violadas durante uma guerra civil? Vê Chantal, violada. Só ela, e mais ninguém, o liberta de sua indiferença. Só por intermédio dela é capaz de se compadecer.

Gostaria de lhe dizer isso, mas tinha vergonha do patético. Ainda mais que uma outra ideia, totalmente oposta, o surpreendeu: e se perdesse esse único ser que o ligava ao resto da humanidade? Não pensava na sua morte, mas antes em alguma coisa mais sutil, imponderável, cuja ideia, nos últimos tempos, o perseguia: um dia, ele não a reconheceria; um dia, perceberia que Chantal não era a Chantal com quem vivera mas aquela mulher da praia que ele pensara ser ela; um dia, a certeza que Chantal representava para ele se revelaria ilusória e ela se tornaria tão indiferente para ele quanto todos os demais.

Ela pegou em sua mão: "O que é que você tem? Está triste de novo. Há alguns dias estou reparando que você está triste. O que é que você tem?".

"Nada, nada mesmo."

"Tem sim. Diga, o que é que o entristece neste momento?"

"Imaginei que você era outra pessoa."

"Como?"

"Que você é diferente da que eu imagino. Que me enganei sobre a sua identidade."

"Não estou entendendo."

Ele via uma pilha de sutiãs. Triste montículo de sutiãs. Montículo ridículo. Mas através dessa visão o rosto real de Chantal sentada na sua frente logo voltava a transparecer.

Sentia o contato da sua mão sobre a dela, e a impressão de ter diante de si uma estranha ou uma traidora desaparecia rapidamente. Ele sorria: "Esqueça. Não falei nada".

29

Com as costas pregadas na parede do quarto onde faziam amor, a mão estendida, os olhos avidamente fixos em seus corpos nus: foi assim que ela o imaginou durante o jantar no restaurante. Agora, está com as costas pregadas na árvore, a mão desajeitadamente estendida para os pedestres. Primeiro quer fingir que não está reparando nele, depois, conscientemente, voluntariamente, com a vaga ideia de resolver uma situação complicada, para na sua frente. Sem levantar os olhos ele repete sua fórmula: "Uma ajuda, por favor".

Ela olha para ele: está ansiosamente limpo, usa uma gravata, os cabelos grisalhos penteados para trás. É bonito, é feio? Sua condição o coloca além do bonito e do feio. Ela sente vontade de lhe dizer alguma coisa, mas não sabe o quê. Embaraçada, sem conseguir falar, abre a bolsa, procura uns trocados, mas fora alguns centavos não encontra nada. Ele está pregado, imóvel, com a terrível palma da mão estendida para ela, e sua imobilidade multiplica ainda mais o peso do silêncio. Dizer, agora, desculpe, não tenho nada, lhe parecia impossível, quer lhe dar então uma nota, mas só encontra uma de duzentos francos; é uma esmola desproporcional que a faz enrubescer: parece-lhe que está sustentando um amante imaginário, que está lhe pagando mais a fim de que mande cartas de amor para ela. Quando, em vez de uma pequena peça de metal, o mendigo sente um papel na mão, levanta a cabeça e ela vê seus olhos espantados. É um olhar amedrontado, e ela, incomodada, se afasta rapidamente.

Quando pôs a nota na mão dele, ainda pensava que a estava dando para seu admirador. Só ao se afastar é que foi capaz de um pouco mais de lucidez: não havia nenhum vislumbre de cumplicidade nos seus olhos; nenhuma alusão velada a uma aventura comum; nada além de uma surpresa sincera e total; o espanto assustado de um pobre. De repente, tudo está claro: considerar aquele homem o autor das cartas é um enorme absurdo.

Uma raiva enorme de si mesma lhe sobe à cabeça. Por que dá tanta importância a essa bobagem? Por que, mesmo em imaginação, se presta a essa aventurazinha inventada por algum desocupado entediado? A ideia do maço de cartas escondido debaixo dos sutiãs se torna de repente insuportável. Imagina um observador que, de um lugar secreto, observa tudo o que ela faz, mas sem saber o que ela pensa. Segundo o que ele visse, não poderia deixar de considerá-la uma mulher banalmente sedenta de homens ou, pior, uma mulher romântica e boba que guarda como um objeto sagrado todo documento de amor que a faz sonhar.

Não podendo mais suportar esse olhar zombeteiro do observador invisível, assim que chega em casa vai até o armário. Vê a pilha de sutiãs e alguma coisa lhe chama a atenção. Mas, claro, ontem ela já notara: o xale não estava dobrado como ela o dobrava. Seu estado de euforia logo a fizera esquecer disso. Mas dessa vez não pode deixar passar essa marca de mão que não é a sua. Ah, está mais que claro! Ele leu suas cartas! Ele a vigia! Ele a espiona!

Fica possuída por uma raiva que se dirige contra múltiplos alvos: contra o homem desconhecido, que, sem se desculpar, a aborrece com as cartas; contra si mesma, que tolamente as esconde; e contra Jean-Marc, que a espia. Apanha o maço e vai até (quantas vezes já não o fizera!) o banheiro. Lá, antes de rasgá-las e fazê-las desaparecer com a água, olha-as pela última vez e, desconfiada, acha a letra suspeita. Examina-as atentamente: sempre a mesma tinta, as letras todas muito grandes, ligeiramente inclinadas para a esquerda mas diferentes uma da outra, como se quem as escreveu não tivesse conseguido manter a mesma caligrafia. Essa observação lhe parece tão estranha que, de novo, não rasga as cartas e senta à mesa para relê-las. Para na segunda, que a descreve quando fora à tinturaria: como tinha acontecido a cena?; estava com Jean-Marc; era ele que levava a sacola. Lá dentro, lembra-se bem, também foi Jean-Marc que fez a dona rir. Seu correspondente menciona esse riso. Mas como teria podido ouvi-lo? Afirma ter olhado para ela da rua. Mas quem teria podido observá-la sem que ela percebesse? Nenhum Du Barreau. Nenhum mendigo. Somente uma pessoa: quem estava com ela na tinturaria. E a fórmula "alguma coisa acrescentada à sua vida artificialmente", que tomara por uma agressão desajeitada a Jean-Marc, era na verdade uma faceirice narcísica do próprio Jean-Marc. Sim, foi por seu narcisismo que ele se traiu, por um narcisismo queixoso que queria lhe dizer: quando aparece um outro homem no seu caminho, não passo de um objeto inútil, acrescentado à sua vida. Depois, ela se lembra daquela frase estranha no fim do jantar no restaurante. Ele lhe disse que, talvez, tivesse se enganado sobre sua identidade. Que talvez ela fosse outra pessoa! "Sigo-a como um espião", havia escrito na primeira carta. Portanto, é ele esse espião. Ele a examina, faz testes com ela para provar a si mesmo que ela não é como ele acha que é! Escreve-lhe cartas com o nome de um desconhecido e depois observa seu comportamento, espia até seu armário, até seus sutiãs!

Mas por que faz isso?

Impõe-se somente uma resposta: quer fazê-la cair numa armadilha.

Mas por que fazê-la cair numa armadilha?

Para se ver livre dela. Na verdade, ele é mais jovem e ela envelheceu. Por mais que tente esconder seus acessos de calor, envelheceu e isso é evidente. Ele procura uma razão para deixá-la. Não poderia lhe dizer: você envelheceu e eu sou jovem. É correto demais para isso, gentil demais. Mas, assim que tiver certeza de que ela o trai, de que é capaz de traí-lo, irá deixá-la com a mesma facilidade, com a mesma frieza com que afastou de sua vida seu velho amigo F. Essa frieza, tão estranhamente feliz, sempre a amedrontara. Percebe agora que seu medo era premonitório.

30

Jean-Marc inscrevera o rubor de Chantal bem no começo do livro de ouro do amor deles. Tinham se encontrado pela primeira vez no meio de muitas pessoas, numa sala, em volta de uma mesa comprida repleta de taças de champanhe e travessas com torradas, terrinas, presunto. Tinha sido num hotel de montanha, naquela época ele era instrutor de esqui e fora convidado, por um capricho do destino e por uma única noite, a se juntar aos participantes de um colóquio que terminava todas as noites com um pequeno coquetel. Foi apresentado a ela de passagem, rapidamente, sem que sequer pudessem guardar os respectivos nomes. Conseguiram trocar apenas umas poucas palavras na presença de outras pessoas. Sem ser convidado, Jean-Marc voltou no dia seguinte, apenas para revê-la. Ao notá-lo, ela enrubesceu. Ficou vermelha não apenas nas faces, mas no pescoço, e mais embaixo ainda, em todo o colo, ficou magnificamente vermelha aos olhos de todos, vermelha por causa dele e para ele. Esse rubor foi sua declaração de amor, esse rubor decidiu tudo. Uns trinta minutos depois conseguiram ficar sozinhos na penumbra de um longo corredor; sem pronunciar uma única palavra, avidamente se beijaram.

O fato de depois, por muitos anos, não tê-la visto mais enrubescer, lhe confirmara o caráter excepcional daquele rubor de então, que brilhava na distância de seu passado como um rubi de valor inefável. Mais tarde, um dia, ela lhe disse que os homens não se viravam mais para olhar para ela. As palavras, em si mesmas insignificantes, se tornaram importantes por causa do rubor que as acompanhou. Ele não conseguiu permanecer surdo à linguagem das cores que era a linguagem do amor deles e que, associada à frase que ela havia pronunciado, parecia lhe falar da aflição de envelhecer. Foi por isso que, sob a máscara de um estranho, ele lhe escreveu: "Sigo-a como um espião, você é linda, muito linda".

Quando pôs a primeira carta na caixa, não pensava em mandar outras. Não tinha nenhum plano, não visava a nenhum futuro, queria simplesmente agradá-la, agora, logo, livrá-la daquela impressão deprimente de que os homens não se viravam mais para olhar para ela. Não tentava prever suas reações. Se, apesar de tudo, tinha se esforçado para adivinhá-las, deveria ter suposto que ela lhe mostraria a carta dizendo: "olhe! afinal de contas, os homens ainda não esqueceram de mim!", e com toda a inocência de um apaixonado ele teria acrescentado ao elogio do desconhecido os seus próprios elogios. Mas ela não lhe mostrou nada. Sem ponto final, o episódio ficou em aberto. Nos dias subsequentes, a surpreendeu desesperada, atormentada pela ideia da morte, por isso, pelo sim, pelo não, ele continuou.

Ao escrever a segunda carta, pensava: fico sendo Cyrano; Cyrano: o homem que sob a máscara de um outro declara seu amor à mulher amada; que, aliviado de seu nome, vê explodir sua eloquência subitamente liberada. Por isso, embaixo da carta, acrescentou a assinatura: C. D. B. Era um código particular dele. Como se quisesse deixar uma marca secreta de sua passagem. C. D. B.: Cyrano de Bergerac.

Ele continuava a ser Cyrano. Tendo desconfiado que ela deixara de acreditar nos próprios encantos, evocava para ela seu corpo. Procurava mencionar cada detalhe, rosto, nariz, olhos, pescoço, pernas, para que ela voltasse a se orgulhar dele. Estava feliz em constatar que ela se vestia com mais prazer, que estava mais alegre, mas ao mesmo tempo seu sucesso o irritava: antes, ela não gostava de usar as pérolas vermelhas no pescoço, nem quando ele lhe pedia; e foi a outro que ela obedeceu.

Cyrano não pode viver sem ciúme. No dia em que entrou inesperadamente no quarto onde Chantal se inclinava sobre uma prateleira do armário, notou claramente seu embaraço. Falou-lhe da pálpebra que limpa o olho fingindo não ter visto nada; somente no dia seguinte, quando estava sozinho em casa, abriu o armário e achou suas duas cartas debaixo da pilha de sutiãs.

Então, pensativo, se perguntou mais uma vez por que não as havia mostrado a ele; a resposta lhe pareceu simples. Se um homem escreve cartas para uma mulher, é para preparar o terreno no qual, mais tarde, irá abordá-la para seduzi-la. E, se a mulher esconde essas cartas, é porque quer que sua discrição de hoje proteja a aventura de amanhã. E se além disso ela as guarda, é porque está pronta a considerar essa aventura futura como um amor.

Ele ficou um bom tempo diante do armário aberto e, depois, cada vez que depositava uma nova carta na caixa, ia verificar se ela estava no seu lugar, debaixo dos sutiãs.

31

Se Chantal ficasse sabendo que Jean-Marc lhe tinha sido infiel, iria sofrer, mas isso corresponderia, a rigor, ao que podia esperar dele. Mas essa espionagem, essa experimentação policialesca a que a submeteu, não correspondia a nada do que sabia dele. Quando se conheceram, ele não queria saber de nada, não queria ouvir falar nada de sua vida passada. Rapidamente ela concordou com o radicalismo dessa recusa. Nunca tivera nenhum segredo para ele e só se calava sobre o que ele mesmo não queria ouvir. Não via nenhuma razão para que, de repente, ele tivesse começado a suspeitar dela, a vigiá-la.

De repente, lembra-se da frase sobre a roupa carmim de cardeal que lhe virou a cabeça, e fica com vergonha: como foi receptiva às imagens que alguém lhe semeou na cabeça! como deve ter lhe parecido ridícula! Ele a colocou numa gaiola como um coelho. Malvado e divertindo-se, observa suas reações.

E se ela estivesse enganada? Já não havia se enganado duas vezes acreditando ter desmascarado seu correspondente?

Vai procurar algumas cartas que Jean-Marc lhe escreveu outrora e as compara com as de C. D. B. Jean-Marc tem uma caligrafia ligeiramente inclinada para a direita, com letras pequenas, enquanto em todas as cartas do desconhecido as letras são volumosas e inclinadas para a esquerda. Mas é exatamente essa diferença muito evidente que denuncia a fraude. Quem quer dissimular sua própria letra pensará primeiramente em mudar a inclinação e a dimensão. Chantal tenta comparar os *f*, os *a*, os *o* de Jean-Marc e do desconhecido. Constata que apesar do tamanho diferente, o desenho parece semelhante. Mas, à medida que compara, mais e mais, perde a certeza. Ah, não, ela não é grafóloga e não pode ter certeza de nada.

Escolhe uma carta de Jean-Marc e uma outra assinada

C. D. B.; põe ambas na bolsa. O que fazer com as outras? Encontrar um esconderijo melhor para elas? Para quê? Jean--Marc as conhece e conhece até o lugar onde ela as põe. Ela não deve lhe dar a entender que se sente vigiada. Coloca-as, portanto, no armário exatamente no lugar onde sempre estiveram.

Depois bateu na porta de um escritório de grafologia. Um rapaz de terno escuro a recebeu e a conduziu por um corredor escuro até uma sala onde, atrás de uma mesa, estava sentado um outro homem, corpulento, em mangas de camisa. Enquanto o rapaz continuava encostado na parede do fundo da sala, o corpulento se levantou e lhe estendeu a mão.

O homem tornou a sentar e ela se instalou numa poltrona em frente a ele. Colocou na mesa a carta de Jean-Marc e a de C. D. B.; enquanto ela explicava, encabulada, o que desejava saber, o homem lhe disse, num tom distante: "Posso fazer uma análise psicológica de um homem cuja identidade a senhora conhece. Mas é difícil fazer uma análise psicológica de uma caligrafia falsa".

"Não preciso de uma análise psicológica. A psicologia do homem que escreveu essas cartas, se ele as escreveu como suponho, eu conheço suficientemente."

"O que a senhora quer, se estou entendendo, é ter a certeza de que quem escreveu essa carta, seu amante ou seu marido, é o mesmo que aqui mudou de letra. A senhora quer desmascará-lo."

"Não exatamente isso", disse ela, constrangida.

"Não exatamente mas quase. Só que, senhora, sou um grafólogo-psicólogo, não sou um detetive particular e tampouco colaboro com a polícia."

O silêncio caiu na saleta e nenhum dos dois homens queria rompê-lo, porque nenhum dos dois sentia compaixão por ela.

Chantal sentiu subir dentro de seu corpo uma onda de calor, uma onda poderosa, selvagem, difusora, ficou vermelha, vermelha no corpo inteiro; uma vez mais as palavras sobre o manto carmim de cardeal lhe atravessaram a mente, pois, de fato, seu corpo estava agora envolto por um suntuoso manto feito de chamas.

"A senhora errou de endereço", disse ainda o homem. "Não está num escritório de delação."

Ela ouviu a palavra *delação* e seu manto de chamas se tornou um manto de vergonha. Levantou-se para apanhar suas cartas. Mas, antes que conseguisse pegá-las, o rapaz que a recebera à porta passou para o outro lado da mesa; de pé ao lado do corpulento, olhou atentamente para as duas caligrafias e: "Claro que é a mesma pessoa", disse. Depois, dirigindo-se a ela: "Olhe este *t*, olhe este *g*!".

De repente, ela o reconheceu: aquele rapaz era o garçom do bar da cidade da Normandia onde esperara por Jean-Marc. E, quando o reconheceu, ouviu, dentro do seu corpo em fogo, sua própria voz se espantando: mas isso tudo não é verdade! estou delirando, delirando, isso não pode ser verdade!

O rapaz levantou a cabeça, olhou para ela (como se quisesse lhe mostrar o rosto para ser melhor reconhecido) e lhe disse com um sorriso tão doce quanto desdenhoso: "Claro! É a mesma letra. Ele apenas a aumentou e inclinou para a esquerda".

Não quer ouvir mais nada, a palavra *delação* afastou todas as outras palavras. Sente-se como uma mulher que denuncia seu bem-amado à polícia trazendo como prova um cabelo encontrado nos lençóis da infidelidade. Finalmente, depois de reaver as cartas, sem dizer uma palavra, dá meia-volta para ir embora. Mais uma vez, o rapaz muda de lugar: está perto da porta e a abre para ela. Está a seis passos dele, e essa pequena distância lhe parece infinita. Está vermelha, queimando, banhada em suor. O homem diante dela é arrogantemente jovem e, arrogantemente, olha para seu pobre corpo. Seu pobre corpo! Ao olhar do rapaz ela sente que seu pobre corpo envelhece a olhos vistos, aceleradamente, e à luz do dia.

Parece-lhe que se repete a situação que vivera no bar à beira-mar na Normandia; quando, com seu sorriso obsequioso, ele lhe barrou o caminho da porta e ela teve medo de não poder mais sair. Espera que ele faça a mesma brincadeira, mas, educadamente, ele fica em pé ao lado da porta do escritório e a deixa passar; depois, com um passo inseguro de velha, ela toma o corredor em direção à porta de entrada (sente o olhar dele pesar sobre suas costas encharcadas) e quando finalmente chega ao patamar tem a sensação de ter escapado de um grande perigo.

32

No dia em que caminharam juntos na rua, sem falar nada, vendo em torno somente passantes desconhecidos, por que ela enrubesceu de repente? Era inexplicável: desconcertado, não pôde dominar sua reação: "Você enrubesceu! por que você enrubesceu?". Ela não lhe respondeu e ele ficou perturbado ao ver que se passava com ela alguma coisa da qual ele nada sabia.

Como se esse episódio reacendesse a cor régia do livro de ouro do seu amor, escreveu-lhe a carta sobre o manto carmim de cardeal. Em seu papel de Cyrano, realizou então a maior proeza: conquistou-a. Ficou orgulhoso da sua carta, da sua sedução, mas sentiu um ciúme maior ainda. Criou o fantasma de um homem e, sem querer, submetia Chantal a um teste que media sua sensibilidade à sedução de um outro.

Seu ciúme não se parecia com o que conhecera na juventude, quando a imaginação estimulava nele uma torturante fantasia erótica; dessa vez, ele era menos doloroso porém mais destrutivo: lenta e mansamente, transformava uma mulher amada em simulacro de mulher amada. E, como ela não era mais um ser seguro para ele, não havia mais nenhum ponto de estabilidade no caos sem valores que é o mundo. Diante de uma Chantal transubstanciada (ou dessubstanciada), uma estranha indiferença melancólica se apossava dele. Não indiferença em relação a ela mas indiferença em relação a tudo. Se Chantal é um simulacro, toda a vida de Jean-Marc o é também.

No fim, seu amor prevaleceu sobre o ciúme e as dúvidas. Inclinava-se diante do armário aberto, os olhos fixos nos sutiãs, e, bruscamente, sem entender como aconteceu, sentiu-se emocionado. Emocionado diante desse gesto imemorial das mulheres escondendo uma carta debaixo de sua roupa-branca, diante desse gesto com o qual sua Chantal, única e inimitável, se junta ao cortejo infinito de suas iguais. Jamais quis saber nada da parte da sua vida íntima que não partilhara com ela. Por que deveria se interessar por isso agora, e até se indignar?

Aliás, se perguntou, o que é um segredo íntimo? Será que é nisso que reside o que há de mais individual, de mais original, de mais misterioso num ser humano? Será que esses segredos íntimos fazem de Chantal esse ser único que ele ama? Não. É secreto aquilo que é mais corriqueiro, mais banal, mais repetitivo e comum a todos: o corpo e suas necessidades, suas doenças, suas manias, a prisão de ventre, por exemplo, ou a menstruação. Se escondemos pudicamente essas intimidades, não é porque elas são tão pessoais, mas, ao contrário, porque são lamentavelmente impessoais. Como pode se ofender com Chantal por pertencer a seu sexo, se parecer com outras mulheres, usar um sutiã e com ele a psicologia do sutiã? Como se ele próprio não pertencesse a alguma imbecilidade eternamente masculina! Saíram ambos daquela oficina de faz-tudo onde estragaram os olhos deles com o movimento desarticulado de uma pálpebra e lhes instalaram uma fabriqueta fedorenta no ventre. Ambos têm um corpo em que a pobre alma ocupa um espaço tão pequeno. Não deveriam se perdoar isso? Não deveriam ignorar as pequenas misérias que escondem no fundo das gavetas? Foi tomado por uma compaixão imensa e, para pôr um ponto final nessa história, decidiu lhe escrever uma última carta.

33

Debruçado sobre uma folha de papel, reflete de novo sobre aquilo que o Cyrano que ele era (que ainda é, pela última vez) chamava de árvore das possibilidades. A árvore das possibilidades: a vida tal qual se apresenta ao homem, que, espantado, chegou ao limiar de sua vida adulta: uma ramagem abundante cheia de abelhas que cantam. E julga compreender por que ela nunca lhe mostrou as cartas: ela queria ouvir o murmúrio da árvore, sozinha, sem ele, pois ele, Jean-Marc, representava a abolição de todas as possibilidades, ele era a redução (mesmo que fosse uma redução feliz) de sua vida a uma única possibilidade. Ela não podia lhe falar daquelas cartas porque, com essa sinceridade, teria imediatamente demonstrado (a si mesma e a ele) que não se interessava realmente pelas possibilidades que as cartas lhe prometiam, que renunciava antecipadamente àquela árvore perdida que ele a fazia ver. Como poderia se ofender com ele por isso? Foi ele, afinal de contas, que quis fazê-la ouvir a música de uma ramagem murmurante. Havia se comportado, portanto, segundo os desejos de Jean-Marc. Ela obedecera a ele.

Debruçado sobre a folha, ele pensa: é preciso que o eco desse murmúrio permaneça em Chantal mesmo que a aventura das cartas termine. E lhe escreve que uma necessidade imprevista o obriga a partir. Depois atenua sua afirmação: "Seria realmente uma partida imprevista ou, em vez disso, não terei escrito minhas cartas precisamente por saber que elas não teriam seguimento? Não terá sido a certeza da minha partida que me permitiu lhe falar com uma franqueza total?".

Partir. Sim, era a única solução possível, mas ir para onde? Ele refletiu. Não mencionar seu destino? Isso lhe parecia romanticamente misterioso demais. Ou grosseiramente evasivo. É verdade que sua existência devia permanecer na sombra, por isso ele não pode dar as razões de sua partida, pois estas indicariam a identidade imaginária do correspondente, sua profissão, por exemplo. No entanto, seria mais natural dizer para onde ia. Uma cidade na França? Não. Não seria razão suficiente para interromper uma correspondência. Era preciso partir para longe. Nova York? México? Japão? Seria um pouco suspeito. É preciso inventar uma cidade estrangeira e no entanto próxima, banal. Londres! Mas claro; parece-lhe tão lógico, tão natural, que ele se diz sorrindo: de fato, só posso partir para Londres. E logo depois se pergunta: por que justamente Londres me parece tão natural? Veio-lhe então a lembrança do homem de Londres sobre quem Chantal e ele brincaram tantas vezes, o mulherengo que, em outros tempos, mandara seu cartão de visita para Chantal. O inglês, o britânico, que Jean-Marc apelidara de Britannicus. Nada mau: Londres, a cidade dos sonhos lúbricos. É lá que o admirador desconhecido irá se misturar na multidão dos adeptos de surubas, dos mulherengos, dos paqueradores, dos erotômanos, dos pervertidos, dos depravados; é lá que irá desaparecer para sempre.

E pensa ainda: vai deixar a palavra *Londres* na carta à guisa de assinatura, como um vestígio apenas perceptível de suas conversas com Chantal. Em silêncio, zomba de si mesmo: quer continuar um desconhecido, não identificável, pois o jogo assim exige. E, no entanto, um desejo contrário, desejo totalmente injustificado, injustificável, irracional, secreto, certamente estúpido, o incita a não passar completamente despercebido, a deixar uma marca, a esconder em algum lugar uma assinatura cifrada por meio da qual um observador desconhecido e excepcionalmente lúcido poderia identificá-lo.

Ao descer a escada para pôr a carta na caixa, ouve gritos de vozes agudas. Chegando embaixo, avistou-as: uma mulher com três crianças diante do interfone. Ao se dirigir para as caixas alinhadas na parede em frente, passou ao lado delas. Quando se voltou, notou que a mulher apertava o botão onde estavam escritos seu nome e o de Chantal.

"A senhora está procurando alguém?", perguntou ele.

A mulher lhe disse um nome.

"Sou eu!"

Ela deu um passo para trás e olhou para ele com uma admiração ostensiva: "Ah, é você! Como estou contente em conhecê-lo! Sou a cunhada de Chantal!".

34

Desconcertado, teve que convidá-las para subir.

"Não quero incomodar", disse a cunhada quando entraram todos no apartamento.

"Vocês não incomodam. Aliás, Chantal não vai demorar."

A cunhada se pôs a falar; de vez em quando dava uma olhada nas crianças, que estavam bem calmas, tímidas, e quase atônitas.

"Estou satisfeita que Chantal as veja", disse acariciando a cabeça de uma delas. "Ela nem as conhece, nasceram depois que ela foi embora. Ela gostava de crianças. Nossa casa vivia cheia delas. Seu marido era detestável, eu não devia falar assim de meu irmão, mas se casou de novo e não nos vemos mais." Depois rindo: "Na verdade, sempre preferi Chantal ao marido!".

Ela deu mais um passo para trás e encarou Jean-Marc com um olhar tão encantado quanto provocante: "Até que enfim ela soube escolher um homem! Vim lhe dizer que você é bem-vindo a nossa casa. Ficarei agradecida se vier e nos devolver nossa Chantal. A casa está aberta quando você quiser. Sempre".

"Obrigado."

"Você é alto, ah, como gosto disso. Meu irmão é mais baixo do que Chantal. Sempre tive a impressão de que ela era mãe dele. Ela o chamava de 'minha gracinha', imagine, ela lhe dava um apelido feminino! Eu sempre imaginava", disse ela caindo na gargalhada, "que ela o punha no colo e o ninava sussurrando 'minha gracinha, minha gracinha!'."

Deu alguns passos dançando, como se embalasse um bebê no colo, e repetiu: "Minha gracinha, minha gracinha!". Continuou mais um pouco sua dança exigindo em resposta o riso de Jean-Marc. Para satisfazê-la, ele simulou um sorriso e imaginou Chantal diante de um homem que ela chamava de "minha gracinha". A cunhada continuava falando, e ele não conseguia se livrar dessa imagem que o horripilava: a imagem de Chantal chamando um homem (mais baixo do que ela) de "minha gracinha".

Ouviu-se um barulho vindo do quarto vizinho. Jean-Marc se deu conta de que as crianças não estavam mais com eles; eis a estratégia astuciosa dos invasores: sob o manto da sua insignificância conseguiram deslizar até o quarto de Chantal; em princípio silenciosos como um exército secreto, depois, tendo fechado discretamente a porta atrás de si, com uma fúria de conquistadores.

Jean-Marc ficou preocupado, mas a cunhada o tranquilizou: "Não é nada. São as crianças. Estão brincando".

"Claro", disse Jean-Marc, "vejo que estão brincando." E se dirigiu para o quarto barulhento.

A cunhada foi mais rápida. Abriu a porta: eles haviam transformado uma cadeira giratória em carrossel; uma criança girava, deitada de bruços no assento, e as outras duas a observavam aos gritos.

"Estão brincando, não disse?", repetiu a cunhada tornando a fechar a porta. Depois, com uma piscada de conivência: "São crianças. O que você quer? É uma pena que Chantal não esteja aqui. Gostaria tanto que ela as visse".

O barulho do quarto vizinho se transformou em algazarra e Jean-Marc não tem mais nenhuma vontade de acalmar as crianças. Vê na sua frente uma Chantal, embalando, no meio da confusão familiar, um homenzinho que ela chama de "minha gracinha". A essa imagem se junta outra: Chantal guardando zelosamente as cartas de um admirador desconhecido para não sufocar uma promessa de aventuras. Aquela Chantal não se parece com ela; aquela Chantal não é a que ele ama; aquela Chantal é um simulacro. Um estranho desejo destruidor o invade e ele se alegra com a baderna das crianças. Deseja que elas destruam o quarto, que destruam todo aquele pequeno mundo que amava e que se tornou um simulacro.

"Meu irmão", continuava enquanto isso a cunhada, "era muito insignificante para ela, você entende, insignificante...", ela riu, "...em todos os sentidos da palavra. Você entende, você entende!" Riu de novo. "Aliás, posso lhe dar um conselho?"

"Se quiser."

"Um conselho muito íntimo!"

Ela aproximou sua boca e lhe falou alguma coisa, mas, tocando a orelha de Jean-Marc, seus lábios fizeram um barulho e tornaram as palavras inaudíveis.

Ela se afastou e riu: "O que você acha?".

Ele não tinha entendido nada, mas riu também.

"Ah, você achou engraçado!", disse a cunhada acrescentando: "Poderia lhe contar uma porção de coisas parecidas. Ah, sabe, não tínhamos segredos entre nós. Se tiver problemas com ela, fale comigo, posso lhe dar bons conselhos!". Ela riu: "Sei como se pode domá-la!".

E Jean-Marc pensou: Chantal sempre falou da família da cunhada com hostilidade. Como é possível que a cunhada manifeste uma simpatia tão franca por ela? O que pode significar exatamente que Chantal os detestava? Como se pode detestar e ao mesmo tempo se adaptar tão facilmente àquilo que se detesta?

No quarto ao lado as crianças continuavam a desordem e a cunhada, com um gesto na direção delas, sorriu: "Estou vendo que isso não o incomoda! Você é como eu. Sabe, não sou uma mulher muito séria, gosto de movimento, gosto de animação, gosto de música, em suma, gosto da vida!".

Tendo como fundo os gritos das crianças, seus pensamentos continuaram: a facilidade com que ela sabe se adaptar ao que detesta seria realmente tão admirável? Ter duas caras seria realmente um triunfo? Alegrara-se com a ideia de que ela era, no mundo da publicidade, como que uma intrusa, uma espiã, uma inimiga disfarçada, uma terrorista em potencial. Mas ela não é uma terrorista, ela é muito mais, se for para usar uma terminologia política, uma colaboracionista. Uma colaboracionista que serve a um poder detestável sem se identificar com ele, que trabalha para ele estando separada dele e que, um dia, diante de seus juízes, irá alegar, em defesa própria, que tinha duas caras.

35

Chantal parou à porta e, espantada, ficou ali quase um minuto, porque nem Jean-Marc nem a cunhada notavam sua presença. Ouvia a voz estridente que havia tanto tempo não ouvia: "Você é como eu. Sabe, não sou uma mulher muito séria, gosto de movimento, gosto de animação, gosto de música, em suma, gosto da vida!".

Finalmente o olhar da cunhada pousou sobre ela: "Chantal", gritou ela, "que surpresa, não?", e correu para beijá-la. Chantal sentiu perto dos lábios a umidade da boca de sua cunhada.

O embaraço causado pela aparição de Chantal logo foi interrompido pela irrupção de uma menina. "É nossa Corinne", anunciou a cunhada a Chantal; depois, para a criança: "Diga bom-dia para sua tia", mas a criança não deu nenhuma atenção a Chantal e anunciou que queria fazer xixi. A cunhada, sem hesitar, como se já conhecesse o apartamento, se dirigiu com Corinne para o corredor e desapareceu no banheiro.

"Meu Deus", murmurou Chantal, aproveitando-se da ausência da cunhada. "Como nos descobriram?"

Jean-Marc deu de ombros. Como a cunhada deixara a porta do corredor e a do banheiro escancaradas, eles não podiam fazer grandes comentários. Ouviam a urina caindo na água do vaso, misturada com a voz da cunhada, que lhes dava informações sobre sua família, e que de vez em quando falava com a menina que fazia xixi.

Chantal se lembrou: um dia, de férias na casa de campo, ela se trancara no banheiro; de repente, alguém mexeu na maçaneta. Detestando conversar através de portas de banheiros, ela não respondia. Do outro lado da casa alguém gritou para acalmar o impaciente: "É Chantal que está aí!". Apesar da informação, o impaciente tornou a sacudir várias vezes a maçaneta como se quisesse protestar contra o mutismo de Chantal.

O barulho da urina foi substituído pelo da descarga e Chantal continua pensando naquela casa grande de concreto onde todos os sons se espalhavam sem que se pudesse determinar de onde vinham. Estava habituada a ouvir os suspiros de sua cunhada durante o coito (a sonoridade inútil deles certamente pretendia ser uma provocação, não tanto sexual quanto moral: uma demonstração da recusa de qualquer segredo); um dia, os suspiros de amor chegaram de novo até ela e só depois de um certo tempo compreendeu que uma avó asmática, do outro lado daquela casa sonora, respirava gemendo.

A cunhada voltou para a sala. "Vá para lá", disse ela a Corinne, que correu para se juntar novamente às outras crianças no quarto ao lado. Depois se dirigiu a Jean-Marc: "Não culpo Chantal de ter deixado meu irmão. Talvez até devesse tê-lo deixado antes. Mas a culpo de ter se esquecido de nós". E, virando-se para Chantal: "Afinal de contas, Chantal, representamos uma grande parte de sua vida! Você não pode nos negar, nos apagar, você não pode mudar seu passado! Seu passado é o que você é. Você não pode contestar que foi feliz conosco. Vim dizer a seu novo companheiro que vocês são bem-vindos a minha casa!".

Chantal a ouvia falar e pensava que vivera tempo demais com aquela família sem manifestar sua alteridade, por isso, com razão (quase), sua cunhada devia ter ficado ressentida por ela ter rompido todos os laços com eles depois do divórcio. Por que tinha sido tão gentil e aquiescente durante seus anos de casada? Ela mesma não sabia que nome dar à sua atitude de então. Docilidade? Hipocrisia? Indiferença? Disciplina?

Quando seu filho vivia, ela estivera inteiramente disposta a aceitar aquela vida coletiva, sob uma vigilância constante, com a sujeira coletiva, com o nudismo quase obrigatório em volta da piscina, com a promiscuidade inocente que lhe permitia saber, por meio de vestígios sutis mas denunciadores, quem tinha ido ao banheiro antes dela. Gostava daquilo? Não, sentia muita repugnância, mas era uma repugnância suave, silenciosa, nada combativa, resignada, quase mansa, um pouco zombeteira, nunca revoltada. Se seu filho não tivesse morrido, ela teria vivido assim até o fim de seus dias.

No quarto de Chantal, o barulho se amplificava. Sua cunhada gritava: "Silêncio!", mas sua voz, mais alegre do que zangada, não parecia querer acalmar os gritos, e sim se juntar à balbúrdia.

Chantal perde a paciência e entra no quarto. As crianças escalam as poltronas, mas Chantal não as vê; estupefata, olha para o armário; a porta está escancarada; e em frente, no chão, seus sutiãs, suas calcinhas estão espalhadas, e no meio deles as cartas. Só depois percebe que a criança mais velha enrolara um sutiã na cabeça, e o bojo destinado ao seio se ergue sobre seus cabelos como o gorro de um cossaco.

"Olhe para ela!" A cunhada riu se apoiando amigavelmente no ombro de Jean-Marc. "Olhe, olhe! é um baile à fantasia!"

Chantal vê as cartas jogadas no chão. A raiva lhe sobe à cabeça. Fazia menos de uma hora que ela deixara o escritório do grafólogo, onde fora tratada com desprezo e, traída por seu próprio corpo inflamado, não conseguira reagir. Agora, está cheia de se sentir culpada: essas cartas já não representam para ela um segredo ridículo do qual deveria se envergonhar; elas simbolizam de agora em diante a falsidade de Jean-Marc, sua perfídia, sua traição.

A cunhada se deu conta da reação glacial de Chantal. Sem parar de falar e de rir, se inclinou para a criança, lhe tirou o sutiã e se agachou para recolher a roupa-branca.

83

"Não, não, por favor, deixe", disse-lhe Chantal, num tom firme.

"Como quiser, como quiser, queria só ajudar."

"Eu sei", diz Chantal olhando para a cunhada, que voltou a se apoiar no ombro de Jean-Marc; Chantal tem a impressão de que eles se entendem muito bem, que formam um casal perfeito, um casal de vigias, um casal de espiões. Não, não tem nenhuma vontade de fechar a porta do armário. Ela a deixa aberta como prova da devastação. Pensa: este apartamento é meu, tenho um desejo imenso de ficar sozinha aqui; de ficar aqui soberbamente, soberanamente só. E disse em voz alta: "Este apartamento é meu e ninguém tem o direito de abrir meus armários e remexer nas minhas coisas íntimas. Ninguém. Estou dizendo: ninguém".

Esta última palavra era dirigida muito mais a Jean-Marc do que à sua cunhada. Mas, para não deixar transparecer nada diante da intrusa, se dirigiu exclusivamente a ela: "Por favor, vá embora".

"Ninguém remexeu nas suas coisas íntimas", disse a cunhada na defensiva.

Como única resposta, Chantal fez um movimento com a cabeça em direção ao armário aberto, com a roupa-branca e as cartas espalhadas pelo chão.

"Meu Deus, as crianças estavam brincando!", disse a cunhada, e as crianças, como se sentissem a raiva estremecer pelo ar, com seu grande senso diplomático, se calaram.

"Por favor", repetiu Chantal, e lhe mostrou a porta.

Uma das crianças tinha na mão uma maçã que apanhara numa fruteira na mesa.

"Ponha a maçã onde ela estava", disse-lhe Chantal.

"Estou sonhando!", gritou a cunhada.

"Ponha a maçã onde estava. Quem a deu para você?"

"Ela recusa uma maçã a uma criança, é inacreditável!"

A criança pôs a maçã na fruteira, a cunhada a pegou pela mão, as outras duas se juntaram a elas e foram embora.

36

Fica sozinha com Jean-Marc e não vê nenhuma diferença entre ele e aquelas que acabavam de sair.

"Tinha quase esquecido", disse ela, "que comprei este apartamento em outros tempos para ficar finalmente livre, para não ser espionada, para poder pôr minhas coisas onde quisesse e ter certeza de que elas continuariam ali, onde as havia posto."

"Já lhe disse várias vezes que meu lugar é ao lado daquele mendigo e não ao seu lado. Vivo à margem do mundo. Você se colocou no centro dele."

"Você se instalou numa marginalidade bastante luxuosa e que não lhe custa nada."

"Estou sempre pronto a deixar minha marginalidade luxuosa. Mas você nunca renunciará a essa fortaleza de conformismo em que se estabeleceu com suas múltiplas caras."

37

Um minuto antes, Jean-Marc quisera lhe explicar as coisas, confessar sua mistificação, mas essas quatro falas tornaram qualquer diálogo impossível. Não tem mais nada a dizer, pois é verdade que o apartamento é dela e não dele; ela lhe disse que ele tinha se instalado numa marginalidade bastante luxuosa que não lhe custava nada e é verdade: ele ganha a quinta parte do que ela ganha, e toda a relação deles fora baseada no acordo tácito de que, dessa desigualdade, eles nunca falariam.

Estavam ambos de pé, frente a frente, com uma mesa entre eles. Ela tirou um envelope da bolsa, rasgou-o e desdobrou a carta: era aquela que ele acabara de lhe escrever, fazia menos de uma hora. Ela não se escondeu e, absolutamente ao contrário, até se exibiu. Sem vacilar, leu diante dele a carta que deveria manter em segredo. Depois a colocou de volta na bolsa, lançou um olhar rápido e quase indiferente para Jean-Marc, e sem dizer nada foi para o quarto.

Ele torna a pensar no que ela disse: "Ninguém tem o direito de abrir meus armários e remexer nas minhas coisas íntimas". Portanto, ela entendeu, só Deus sabia como, que ele conhecia aquelas cartas e seu esconderijo. Ela quer lhe mostrar que sabe disso e que para ela é indiferente. Que está decidida a viver como quiser e sem se importar com ele. Que, de agora em diante, está disposta a ler suas cartas de amor na frente dele. Com essa indiferença ela antecipa a ausência de Jean-Marc. Para ela, ele não está mais ali. Ela já o despejou.

Por muito tempo ela ficou no quarto. Ele ouvia a voz furiosa do aspirador que punha ordem na desordem que as intrusas haviam deixado. Depois ela foi para a cozinha. Dez minutos mais tarde, o chamou. Sentaram-se à mesa para fazer um lanche. Pela primeira vez na sua vida comum, não pronunciaram nenhuma palavra. Ah, com que velocidade mastigavam sem nem sentir o gosto do que comiam! De novo ela se retirou para o quarto. Sem saber o que fazer (incapaz de fazer qualquer coisa), ele vestiu o pijama e se deitou na grande cama deles, onde, habitualmente, ficavam juntos. Mas nessa noite ela não saía do quarto dela. O tempo passava e ele não conseguia dormir. Finalmente, levantou-se e colou o ouvido na porta. Ouviu uma respiração regular. Esse sono tranquilo, essa facilidade com que ela havia adormecido o torturava. Ficou assim muito tempo, com o ouvido na porta, e pensou que ela era muito menos vulnerável do que ele acreditara. E que, talvez, ele tivesse se enganado quando a julgara a mais fraca e ele o mais forte.

Na verdade, quem era o mais forte? Quando estavam ambos na terra do amor, talvez fosse realmente ele. Mas, uma vez desaparecida sob seus pés a terra do amor, ela é que é forte e ele é que é fraco.

38

Em sua cama estreita, ela não dormia tão bem quanto ele pensava; era um sono cem vezes interrompido e repleto de sonhos desagradáveis e desconexos, absurdos, insignificantes e penosamente eróticos. Cada vez que acorda depois desse tipo de sonho, sente um mal-estar. Aí está, pensa, um dos segredos da vida de mulher, de cada mulher, essa promiscuidade noturna que torna suspeitas todas as promessas de fidelidade, toda pureza, toda inocência. Em nosso século ninguém fica melindrado com isso, mas Chantal gosta de imaginar a princesa de Clèves, ou a casta Virgínia de Bernardin de Saint-Pierre, ou santa Teresa de Ávila, ou madre Teresa de Calcutá, que, em nossos dias, suando, corre o mundo cuidando de suas obras de caridade, gosta de imaginá-las acordando de suas noites como de uma cloaca de vícios inconfessáveis, improváveis, imbecis, para voltar a ser, de dia, virginais e virtuosas. Foi assim a sua noite: acordou várias vezes, sempre depois de orgias esquisitas com homens que não conhecia e que lhe repugnavam.

De manhã bem cedo, não querendo mais recair naqueles prazeres sujos, se vestiu e arrumou numa maleta alguns objetos pessoais necessários para uma viagem curta. Logo que acabou de se vestir, viu Jean-Marc de pijama à porta de seu quarto.

"Aonde você vai?", disse-lhe.

"A Londres."

"O quê? A Londres? Por que Londres?"

Ela disse bem pausadamente: "Você sabe muito bem por que Londres".

Jean-Marc enrubesceu.

Ela repetiu: "Você sabe muito bem, não é?". E olhou para seu rosto. Que triunfo para ela ver que dessa vez era ele que estava todo vermelho!

Com as faces em fogo, ele disse: "Não, não sei por que Londres".

Ela não se cansava de vê-lo enrubescer.

"Temos um colóquio em Londres", disse ela. "Soube ontem à noite. Você entende, não tive nem oportunidade nem vontade de lhe falar sobre isso."

Tinha certeza de que ele não podia acreditar nela e se deliciava com que sua mentira fosse tão manifesta, tão impudica, tão insolente, tão hostil.

"Chamei um táxi. Estou descendo. Ele vai chegar a qualquer momento."

Sorriu-lhe como se sorri para dar até logo ou adeus. E, no último momento, como se não fosse sua intenção, como se fosse um gesto que lhe escapara, pousou a mão direita na face de Jean-Marc; esse gesto foi rápido, não durou mais do que um ou dois segundos, depois lhe deu as costas e saiu.

39

Ele sente na face o contato da sua mão, mais exatamente o contato da ponta de três dedos, e é uma sensação de frio, como o toque de uma rã. Suas carícias sempre eram lentas, calmas, parecia que queriam dilatar o tempo. Ao passo que aqueles três dedos pousados fugitivamente em sua face não eram uma carícia mas um apelo. Como se aquela que é colhida por uma tempestade, por uma onda que a carrega, só dispusesse de um gesto fugaz para dizer: "E, no entanto, estive aqui! Passei por aqui! Apesar de tudo o que vai acontecer, não me esqueça!".

Maquinalmente, ele se veste e pensa no que disseram a respeito de Londres. "Por que Londres?", perguntou, e ela respondeu: "Você sabe muito bem por que Londres". Era uma alusão clara à partida anunciada na última carta. Esse "você sabe muito bem" queria dizer: você conhece a carta. Mas aquela carta, que ela acabara de apanhar na caixa, só poderia ser conhecida pelo remetente e por ela. Em outras palavras, Chantal arrancou a máscara do pobre Cyrano e quis dizer a ele: foi você mesmo que me convidou para ir a Londres, logo eu lhe obedeço.

Mas, se ela adivinhou (meu Deus, meu Deus, como ela pôde adivinhar?) que era ele o autor das cartas, por que levou a coisa tão a mal? Por que ela é tão cruel? Se adivinhou tudo, por que não adivinhou também as razões de seu embuste? Do que ela o suspeita? Por trás de todas essas perguntas, ele tem apenas uma certeza: não a entende. Ela, aliás, também não entendeu nada. As reflexões deles tomaram direções opostas e lhe parece que elas nunca mais se encontrarão.

A dor que ele sente não aspira a ser acalmada, ao contrário, quer exacerbar a ferida e exibi-la como se exibe, à vista de todos, uma injustiça. Ele não tem paciência de esperar a volta de Chantal para lhe explicar o mal-entendido. No íntimo, sabe muito bem que este seria o único comportamento razoável, mas a dor não quer escutar a razão, ela tem a sua própria razão, que não é razoável. O que a sua razão não razoável quer é que ao voltar Chantal encontre o apartamento vazio, sem ele, tal como proclamara querer para ficar ali sozinha e sem espionagem. Põe no bolso algumas notas, todo o seu dinheiro, depois hesita um momento se deve ou não levar as chaves. Acaba por deixá-las na mesinha da entrada. Quando ela as vir, compreenderá que ele não vai mais voltar.

Apenas alguns casacos e camisas no armário embutido, apenas alguns livros na biblioteca ficarão aqui de lembrança.

Sai sem saber o que vai fazer. O importante é deixar esse apartamento que não é mais seu. Deixá-lo antes de decidir aonde irá depois. Só quando estiver na rua vai se permitir pensar nisso.

Mas, chegando embaixo no prédio, experimenta a estranha sensação de se encontrar fora da realidade. Tem que parar no meio da calçada para poder refletir. Aonde ir? Tem ideias disparatadas: o Périgord, onde mora parte da sua família camponesa, que sempre o recebe com prazer; um hotel barato em Paris. Enquanto reflete, um táxi para num sinal. Acena para ele.

40

Na rua, claro que nenhum táxi esperava por ela, e Chantal não tinha nenhuma ideia de um lugar aonde ir. Sua decisão tinha sido uma improvisação total provocada pela confusão que era incapaz de dominar. Naquele momento, deseja apenas uma coisa: não vê-lo pelo menos durante um dia e uma noite. Pensou num quarto de hotel ali mesmo, em Paris, mas imediatamente a ideia lhe pareceu tola: o que faria o dia inteiro? Passear pelas ruas para respirar sua fetidez? Trancar-se no quarto? Para fazer o quê? Depois pensa em pegar o carro e ir para o campo, ao acaso, encontrar um lugar tranquilo e ficar ali um ou dois dias. Mas onde?

Sem saber bem como, foi parar num ponto de ônibus. Teve vontade de subir no primeiro que passasse e se deixar levar até o ponto final. Parou um ônibus e ela ficou surpresa de ver que, entre outras paradas, passava pela Gare du Nord. É dali que partem os trens para Londres.

Tem a impressão de estar sendo guiada por uma conspiração de coincidências e quer se convencer de que é uma fada bondosa que veio em seu socorro. Londres: se ela disse a Jean-Marc que ia para lá foi apenas para que ele soubesse que ela o havia desmascarado. Agora, lhe ocorre uma ideia: talvez Jean-Marc tenha levado a sério o destino Londres; talvez vá procurá-la na estação. E a essa ideia se encadeia outra, mais fraca, apenas audível, como a voz de um passarinho: se Jean-Marc estiver lá, esse estranho mal-entendido terá fim. Essa ideia é como uma carícia mas uma carícia demasiado curta, porque, imediatamente depois, ela se revolta de novo contra ele e repele qualquer nostalgia.

Mas aonde vai e o que vai fazer? E se fosse realmente para Londres? Se deixasse sua mentira se materializar? Lembra que na agenda ainda tem o endereço de Britannicus. Britannicus: quantos anos pode ter? Sabe que o encontro com ele seria a coisa menos provável do mundo. E daí? Tanto melhor. Chegará a Londres, passeará, ficará num quarto de hotel e, no dia seguinte, voltará para Paris.

Depois essa ideia lhe desagrada: ao sair de casa, pensava reencontrar sua independência e, na verdade, se deixa manipular por uma força desconhecida e incontrolável. Ir para Londres, essa decisão que lhe foi insuflada por uma série de acasos descabidos, é uma loucura. Por que pensar que essa conspiração de coincidências trabalha a seu favor? Por que achar que é uma fada boa? E se essa fada fosse maléfica e conspirasse para sua perdição? Promete para si mesma: quando o ônibus parar na Gare du Nord, não vai se mexer; seguirá em frente.

Mas, quando o ônibus para, ela se surpreende descendo. E, como se fosse sugada, se dirige para o prédio da estação.

No imenso saguão, vê a escada de mármore que leva à sala de espera destinada aos passageiros que vão para Londres. Quer olhar os horários, mas antes de poder fazê-lo ouve seu nome em meio a risadas. Para e vê seus colegas reunidos debaixo da escada. Quando percebem que ela os avistou, suas risadas se tornam ainda mais altas. Parecem colegiais se divertindo com uma boa brincadeira, com um notável golpe teatral.

"Sabemos o que precisamos fazer para que você venha conosco! Se você soubesse que estávamos aqui, teria inventado como sempre uma desculpa! Sua individualista!" E mais uma vez caem na gargalhada.

Chantal sabia que Leroy planejava um colóquio em Londres mas que só se realizaria três semanas depois. Como podem estar aqui hoje? Mais uma vez, tem aquele sentimento estranho de que aquilo que está acontecendo não é verdade, não pode ser verdade. Mas esse espanto é imediatamente suplantado por outro: contrariamente a tudo o que ela própria poderia supor, sente-se sinceramente feliz com a presença de seus colegas, grata pela surpresa que lhe prepararam.

Ao subir a escada, uma jovem colega segura seu braço e ela pensa que Jean-Marc não fazia outra coisa senão afastá-la o tempo todo daquela que deveria ser sua vida. Ouve-o dizer: "Você se colocou no centro". E ainda: "Você se estabeleceu numa fortaleza de conformismo". Agora ela lhe responde: É. E você não vai me impedir de continuar onde estou!

No meio da multidão de passageiros, sua jovem colega, sempre segurando-a pelo braço, se dirige com ela para o controle de polícia situado em frente a outra escada, que desce para a plataforma. Como que embriagada, ela continua sua discussão muda com Jean-Marc e lhe retruca: Que juiz afinal decidiu que o conformismo é um mal e o não conformismo um bem? Conformar-se não é se aproximar dos outros? Não será o conformismo esse grande lugar de encontros para onde todos convergem, onde a vida é mais densa, mais ardente?

Do alto da escada ela vê o trem para Londres, moderno e elegante, e pensa ainda: Seja sorte ou azar nascer nesta terra, a melhor maneira de nela passar a vida é se deixar levar, como faço neste momento, por uma multidão alegre e ruidosa que avança.

41

Sentado no táxi, ele disse: "Gare du Nord!", e esse foi o momento da verdade: ele pode deixar o apartamento, pode jogar as chaves no Sena, dormir na rua, mas não tem força para se afastar dela. Ir buscá-la na estação é um gesto de desespero, mas o trem para Londres é a única pista, a única que ela deixou, e Jean-Marc não está em condições de negligenciá-la, por ínfima que seja a probabilidade de que ela lhe indique o caminho certo.

Quando chegou à estação, o trem para Londres estava lá. Subiu a escada de quatro em quatro e comprou a passagem; a maioria dos passageiros já tinha embarcado; foi o último a descer à plataforma, rigorosamente vigiada; ao longo do trem, os policiais passeavam com pastores alemães treinados em descobrir explosivos; subiu em seu vagão repleto de japoneses com máquinas fotográficas penduradas no pescoço; encontrou seu lugar e sentou-se.

Foi então que lhe saltou aos olhos o absurdo de seu comportamento. Ele está num trem em que, com toda a probabilidade, aquela que ele procura não está. Em três horas estará em Londres sem saber por quê; tem dinheiro suficiente apenas para pagar a passagem de volta. Desamparado, levantou-se e saiu para a plataforma com a vaga tentação de voltar para casa. Mas como voltar sem as chaves? Ele as tinha posto na mesinha da entrada. Recobrando a lucidez, sabe agora que esse gesto não passava de um cabotinismo sentimental que fazia consigo mesmo: a zeladora tem uma cópia que naturalmente lhe dará. Hesitante, olhou para o fim da plataforma e viu que todas as saídas estavam fechadas. Parou um agente e lhe perguntou como sair dali; o agente lhe explicou que não era mais possível; por razões de segurança, uma vez dentro do trem não se pode mais sair; todos os passageiros devem permanecer no trem como a garantia viva de que não pôs uma bomba ali; existem terroristas muçulmanos e existem terroristas irlandeses; não fazem outra coisa senão sonhar com um massacre no túnel submarino.

Tornou a subir, uma condutora lhe sorriu, todos os funcionários sorriram e ele pensa: é assim, com sorrisos multiplicados e intensificados, que se acompanha este foguete lançado no túnel da morte, este foguete em que os guerreiros do tédio, os turistas americanos, alemães, espanhóis, coreanos, estão dispostos a arriscar a vida no grande combate. Sentou-se e, assim que o trem partiu, deixou seu lugar e foi procurar Chantal.

Entrou num vagão de primeira classe. De um lado do corredor havia poltronas para uma só pessoa, do outro, para duas; no meio do vagão as poltronas estavam colocadas umas diante das outras, assim os passageiros conversavam ruidosamente entre si. Chantal estava entre eles. Ele a via de costas: reconhecia a forma infinitamente tocante e quase cômica de sua cabeça com o coque fora de moda. Sentada perto da janela, ela participava da conversa, que estava animada; só podiam ser seus colegas da agência; será que ela não havia mentido? por mais improvável que pudesse parecer, certamente, ela não havia mentido.

Permanecia sem se mexer; ouvia diversos risos, entre os quais distinguia o de Chantal. Ela estava alegre. Sim, estava alegre e isso o mortificava. Observava seus gestos repletos de uma vivacidade que ele não conhecia. Não ouvia o que ela dizia, mas via sua mão se levantar e se abaixar energicamente; era-lhe impossível reconhecer aquela mão; era a mão de outra pessoa; não tinha a impressão de que Chantal o traía, era outra coisa: parecia-lhe que ela não existia mais para ele, que fora para outro lugar, para uma outra vida, onde, se a encontrasse, não iria mais reconhecê-la.

42

Num tom exaltado Chantal disse: "Mas como é que um trotskista pode se tornar crente? Onde está a lógica?".

"Cara amiga, você conhece a famosa fórmula de Marx: mudar o mundo."

"Claro."

Chantal estava sentada perto da janela, em frente à mais velha de suas colegas de agência, a senhora distinta com os dedos cobertos de anéis; ao lado dela, Leroy continuou: "Ora, nosso século nos fez compreender uma coisa enorme: o homem não é capaz de mudar o mundo e nunca irá mudá--lo. É a conclusão fundamental de minha experiência de revolucionário. Conclusão, aliás, tacitamente aceita por todos. Mas há uma outra que vai além. Ela é teológica e diz: o homem não tem o direito de mudar aquilo que Deus criou. É preciso ir até o fim dessa interdição".

Chantal olhava para ele com deleite: ele falava não como um mestre mas como um provocador. É isso que Chantal gosta nele: esse tom seco de um homem que transforma tudo aquilo que diz em provocação, na tradição sagrada dos revolucionários ou dos vanguardistas; ele nunca se esquece de "chocar o burguês", mesmo quando diz as verdades mais convencionais. Aliás, as verdades mais provocadoras ("morram os burgueses!") não se tornam as verdades mais convencionais quando chegam ao poder? A convenção pode, a qualquer momento, se tornar provocação, e a provocação, convenção. O que importa é a vontade de ir até o fim de qualquer atitude. Chantal imagina Leroy nas reuniões agitadas da revolta estudantil de 1968, declamando, com seu jeito inteligente, lógico e seco, as frases contra as quais qualquer resistência do bom senso estaria condenada ao fracasso: a burguesia não tem o direito de viver; a arte que a classe operária não compreende deve desaparecer; a ciência que serve aos interesses da burguesia não tem valor; aqueles que a ensinam têm que ser expulsos da universidade; não existe liberdade para os inimigos da liberdade. Quanto mais absurda era a frase que proferia, mais orgulhoso ele ficava, pois apenas uma inteligência muito extraordinária é capaz de insuflar um sentido lógico em ideias insensatas.

Chantal respondeu: "De acordo, também acho que todas as mudanças são nefastas. Nesse caso, seria nosso dever proteger o mundo contra as mudanças. Infelizmente, o mundo não sabe parar o fluxo louco de suas transformações...".

"...do qual o homem, no entanto, não passa de um simples instrumento", interrompeu-a Leroy. "A invenção de uma locomotiva contém o germe do plano de um avião, que, inelutavelmente, leva a um foguete espacial. Essa lógica está contida nas próprias coisas, em outras palavras, faz parte do projeto divino. Você pode substituir completamente a humanidade por uma outra, isso não impedirá que continue intacta a evolução que vai da bicicleta ao foguete. O homem não é o autor dessa evolução, é simplesmente um executante. E mesmo um pobre executante, já que ele não conhece o sentido daquilo que executa. Esse sentido não nos pertence, pertence apenas a Deus e só estamos aqui para obedecer a ele a fim de que possa fazer aquilo que lhe agrada."

Chantal fechou os olhos: a doce palavra *promiscuidade* surgiu em sua mente e a impregnou; ela a pronunciou silenciosamente para si mesma: "promiscuidade das ideias". Como poderiam atitudes tão contraditórias se revezar numa só cabeça como duas amantes na cama de um mesmo homem? Em outros tempos ela ficaria quase indignada, mas hoje isso a encanta: pois ela sabe que a contradição entre o que Leroy dizia em outros tempos e aquilo que professa hoje não tem nenhuma importância. Porque todas as ideias se equivalem. Porque todas as afirmações e tomadas de posição têm o mesmo valor, podem ser colocadas lado a lado, se cruzar, se acariciar, se confundir, se apalpar, se tocar, copular.

Uma voz doce e levemente trêmula se elevou diante de Chantal: "Mas, nesse caso, por que estamos aqui na terra? Por que vivemos?".

Era a voz da senhora distinta, sentada ao lado de Leroy, que ela adora. Chantal imagina que Leroy agora está rodeado por duas mulheres entre as quais terá que escolher: uma senhora romântica e uma senhora cínica; ela ouve a vozinha suplicante que não quer renunciar a suas belas crenças mas que (segundo a fantasia de Chantal) as defende com o desejo inconfesso de vê-las destruídas por seu herói demoníaco, que, naquele momento, se volta para ela:

"Por que vivemos? Para fornecer a Deus carne humana. Pois a Bíblia não nos pede, cara senhora, que encontremos o sentido da vida. Ela nos pede que procriemos. Amai-vos e procriai. Entenda bem: o sentido desse 'amai-vos' é determinado por esse 'procriai'. Esse 'amai-vos', portanto, não significa absolutamente amor caritativo, misericordioso, espiritual ou passional, mas quer dizer simplesmente: 'fazei amor!', 'copulai!'..." Faz uma voz mais doce e se inclina para ela: "...'trepai!'". Como um discípulo devotado, docilmente, a senhora o olha nos olhos. "É nisso e apenas nisso que consiste o sentido da vida humana. Todo o resto é besteira."

O raciocínio de Leroy é seco como uma navalha, e Chantal concorda com ele: o amor como exaltação de dois indivíduos, o amor como fidelidade, ligação apaixonada com uma só pessoa, não, isso não existe. E, se existe, é apenas como autopunição, cegueira voluntária, fuga para um mosteiro. Mesmo que exista, pensa ela, o amor não deveria existir, e essa ideia não a torna amarga, ao contrário, experimenta uma felicidade que se espalha por seu corpo. Ela pensa na metáfora da rosa que atravessa todos os homens e diz a si mesma que viveu numa reclusão de amor e que agora está pronta para obedecer ao mito da rosa e se confundir com seu estonteante perfume. Nesse ponto de suas reflexões, lembrou-se de Jean-Marc. Teria ficado em casa? Teria saído? Pergunta-se isso sem nenhuma emoção: como se perguntasse se chovia em Roma ou se o tempo estava bom em Nova York.

No entanto, por mais indiferente que fosse para ela, a lembrança de Jean-Marc a forçou a virar a cabeça. No fundo do vagão, viu uma pessoa virar as costas e passar para o vagão vizinho. Teve a impressão de reconhecer Jean-Marc tentando se esquivar do seu olhar. Seria realmente ele? Em vez de procurar a resposta, olhava pela janela: a paisagem estava cada vez mais feia, os campos cada vez mais cinzentos e as planícies trespassadas por um número cada vez maior de postes metálicos, de construções de concreto, de fios. A voz de um alto-falante anunciou que o trem, nos próximos segundos, desceria debaixo do mar. De fato, ela viu um buraco redondo e negro, onde, como uma serpente, o trem ia penetrar.

43

"Estamos descendo", disse a senhora distinta, e sua voz traiu uma medrosa excitação.

"Para o inferno", acrescentou Chantal, que supunha que Leroy gostaria de ver a senhora ainda mais ingênua, ainda mais espantada, ainda mais medrosa.

Ela agora se sentia sua assistente diabólica. Alegrava-se com a ideia de lhe levar essa senhora distinta e pudica para sua cama, que ela imaginava não num hotel luxuoso de Londres, mas sobre um estrado no meio de fogo, gemidos, fumaças e diabos.

Não havia mais nada para ver pela janela, o trem estava no túnel e Chantal tinha a impressão de se afastar de sua cunhada, de Jean-Marc, de toda vigilância, de toda espionagem, de se afastar de sua vida, de sua vida que a aborrecia, que lhe pesava; algumas palavras surgiram em sua mente: "perdido de vista", e ficou surpresa com que essa viagem para o desaparecimento não fosse enfadonha mas, sob a égide de sua rosa mitológica, doce e alegre.

"Estamos descendo cada vez mais fundo", disse a senhora, ansiosa.

"Lá onde está a verdade", disse Chantal.

"Lá", acrescentou Leroy, "onde se encontra a resposta para sua pergunta: por que vivemos? o que é essencial na vida?" Ele olhou fixamente para a senhora: "O essencial, na vida, é perpetuar a vida: é o parto, e aquilo que o precede, o coito, e o que precede o coito, a sedução, isto é, os beijos, os cabelos soltos ao vento, as calcinhas, os sutiãs bem cortados, mais tudo o que torna as pessoas aptas para o coito, isto é, a comida, não a grande cozinha, essa coisa supérflua que ninguém mais aprecia, mas a comida que todo mundo compra, e com a comida a defecação, pois a senhora sabe, minha cara senhora, minha bela senhora adorada, a senhora sabe que lugar importante ocupa na nossa profissão o elogio do papel higiênico e das fraldas. Papel higiênico, fraldas, sabão em pó, comida. É o círculo sagrado do homem, e nossa missão é não apenas descobri-lo, apreendê-lo e delimitá-lo, mas torná-lo belo, transformá-lo em canto. Graças à nossa influência o papel higiênico é quase exclusivamente de cor rosa e esse é um fato altamente edificante sobre o qual lhe recomendo, minha cara e ansiosa senhora, meditar bastante".

"Mas então é a miséria, a miséria", disse a senhora, sua voz vibrante como o lamento de uma mulher violada, "é a miséria maquiada! Nós somos os maquiadores da miséria!"

"Sim, exatamente", disse Leroy, e Chantal percebeu naquele "exatamente" o prazer que ele sentia com o lamento da senhora distinta.

"Mas, nesse caso, onde está a grandeza da vida? Se estamos condenados à comida, ao coito, ao papel higiênico, o que somos? E, se somos capazes apenas disso, que orgulho podemos sentir pelo fato de sermos, como dizem que éramos, seres livres?"

Chantal olhou para a senhora e achou que ela era a vítima ideal para uma suruba. Imaginou que lhe tiravam a roupa, que acorrentavam seu corpo velho e distinto e que a obrigavam a repetir suas verdades ingênuas em voz alta e lamentosa enquanto diante dela todo mundo copulava e se exibia...

Leroy interrompeu as fantasias de Chantal: "A liberdade? Ao viver a sua miséria, a senhora pode ser infeliz ou feliz. É nessa escolha que consiste sua liberdade. A senhora é livre para dissolver sua individualidade na panela da multidão com um sentimento de derrota, ou então com euforia. Nossa escolha, minha cara senhora, é a euforia".

Chantal sentiu um sorriso se desenhar em seu rosto. Guardou bem o que Leroy acabara de dizer: nossa única liberdade é escolher entre a amargura e o prazer. Sendo nosso quinhão a insignificância de tudo, não devemos tomá-la como uma tara, mas saber nos alegrar com ela.

Olhava para o rosto impassível de Leroy, a inteligência tão encantadora quanto perversa que irradiava. Olhava para ele com simpatia mas sem desejo, e pensou (como se varresse com a mão o devaneio anterior) que ele transubstanciara havia muito tempo toda a sua energia masculina nessa força da sua lógica cortante, nessa autoridade que exercia sobre sua equipe de trabalho. Imaginou a descida do trem: enquanto Leroy continuaria a assustar com suas afirmações a senhora que o adorava, ela iria sumir discretamente numa cabine telefônica para depois fugir de todos eles.

44

Japoneses, americanos, espanhóis, russos, todos com máquinas fotográficas penduradas no pescoço, saem do trem, e Jean-Marc tenta não perder Chantal de vista. A grande onda humana se encolhe de repente desaparecendo para baixo da plataforma por uma escada rolante. Sob a escada, no saguão, alguns homens acorrem de câmeras na mão, seguidos por uma multidão de curiosos, e lhe barram a passagem. Os passageiros do trem são obrigados a parar. Ouvem-se aplausos e gritos enquanto algumas crianças descem por uma escada lateral. Todas levam um capacete na cabeça, capacetes de cores diferentes, como se fossem uma equipe de desportistas, de pequenos motociclistas ou esquiadores. Eles é que são filmados. Jean-Marc fica na ponta do pé para descobrir Chantal por cima das cabeças. Finalmente, ele a vê. Está do outro lado da fileira de crianças, numa cabine telefônica. Está falando, com o fone no ouvido. Jean-Marc se esforça para abrir um caminho. Esbarra num cinegrafista, que, enfurecido, lhe dá um pontapé. Jean-Marc lhe dá uma cotovelada e o homem quase deixa cair a câmera. Um policial se aproxima e obriga Jean-Marc a esperar que a filmagem termine. É aí que, por um ou dois segundos, seus olhos encontram o olhar de Chantal, que saía da cabine. Ele investe de novo para atravessar a multidão. O policial lhe torce o braço de modo tão doloroso que Jean-Marc se curva e perde Chantal de vista.

A última criança de capacete acaba de passar e só então o policial solta seu braço e o deixa em paz. Olha para a cabine telefônica, mas ela está vazia. Perto dele está parado um grupo de franceses; reconhece os colegas de Chantal.

"Onde está Chantal?", pergunta a uma moça.

Ela responde num tom de censura: "Você é que devia saber! Ela estava tão contente! Mas quando saímos do trem desapareceu!".

A outra, mais gorda, fica irritada: "Eu o vi no trem. Você fez sinais para ela. Vi tudo. Você estragou tudo".

A voz de Leroy os interrompe: "Vamos andando!".

A moça pergunta: "E Chantal?".

"Ela sabe o endereço."

"Aquele senhor", disse a senhora distinta com os dedos cobertos de anéis, "também está procurando por ela."

Jean-Marc sabe perfeitamente que Leroy o conhece de vista assim como ele o conhece. Diz-lhe: "Bom dia".

"Bom dia", responde Leroy, e sorri. "Eu o vi brigando. Um contra todos."

Jean-Marc julga sentir simpatia na sua voz. Na aflição em que se encontra, é como a mão estendida que ele quer agarrar; é como uma faísca que, num segundo, lhe promete uma amizade; a amizade entre dois homens, que, sem se conhecerem, apenas pelo prazer de uma súbita simpatia, estão dispostos a se ajudar. É como se um belo sonho antigo descesse sobre ele.

Confiante, diz: "Você pode me dizer o nome do seu hotel? Gostaria de telefonar para saber se Chantal está lá".

Leroy se cala, depois pergunta: "Ela não lhe deu?".

"Não."

"Nesse caso, desculpe", disse ele gentilmente, quase lamentando, "mas não posso lhe dar."

A faísca logo se apagou e, de novo, Jean-Marc voltou a sentir a dor no ombro, sequela do golpe do policial. Abandonado, saiu da estação. Sem saber para onde ir, se pôs a caminhar a esmo pelas ruas.

Enquanto caminhava, tirou as notas do bolso e mais uma vez as contou. Tinha o suficiente para a passagem de volta e nada mais. Se decidisse, poderia voltar imediatamente. À noite estaria em Paris. Evidentemente, seria a solução mais razoável. O que iria fazer ali? Não tem nada para fazer. E, no entanto, não pode partir. Nunca vai decidir partir. Não pode deixar Londres se Chantal está lá.

Mas, já que deve guardar o dinheiro para a passagem de volta, não pode ir para um hotel, não pode comer, nem sequer um sanduíche. Onde irá dormir? Naquele instante sente que se confirma enfim aquilo que sempre comentava com Chantal: na sua vocação mais profunda ele é um marginal, um marginal que viveu no conforto, é verdade, mas apenas graças a circunstâncias inteiramente incertas e temporárias. Ei-lo subitamente tal qual é, devolvido para junto daqueles a quem pertence: para junto dos pobres, que não têm teto para abrigar seu desamparo.

Lembra-se das discussões com Chantal e sente uma necessidade infantil de tê-la diante de si unicamente para lhe dizer: enfim você vê que eu tinha razão, que não era fingimento, que sou realmente quem sou, um marginal, um desabrigado, um vagabundo.

45

A noite havia caído e o tempo esfriara. Entrou por uma rua margeada de um lado por uma fileira de casas, do outro por um parque rodeado por uma grade pintada de preto. Ali, na calçada que ladeava o parque, havia um banco de madeira; ele sentou. Sentindo-se muito cansado, teve vontade de pôr as pernas em cima do banco e se esticar. Pensou: com certeza é assim que começa. Um dia colocamos as pernas em cima do banco, depois a noite cai e adormecemos. É assim que um dia nos incluímos entre os vagabundos e nos tornamos um deles.

Foi por isso que, com todas as suas forças, controlou o cansaço e ficou sentado bem ereto como um bom aluno numa sala de aula. Tinha atrás de si as árvores e na frente, do outro lado da calçada, as casas; eram todas parecidas, brancas, de dois andares, com duas colunas na entrada e quatro janelas em cada andar. Olhava atentamente para cada passante dessa rua pouco frequentada. Estava decidido a ficar ali até que visse Chantal. Esperar era a única coisa que podia fazer por ela, por eles dois.

De repente, a uns trinta metros à direita, todas as janelas de uma casa se iluminam e, lá dentro, alguém puxa as cortinas vermelhas. Ele imagina que um grupo mundano esteja reunido ali para uma festa. Mas está espantado por não ter visto ninguém entrar; será que estavam todos ali havia muito tempo e que apenas agora tinham acendido as luzes? Ou talvez, sem perceber, teria adormecido e não os vira chegar? Meu Deus, e se, ao dormir, tivesse deixado de ver Chantal? Imediatamente, a ideia de uma suruba suspeita o fulmina; ele ouve as palavras: "Você sabe muito bem por que Londres"; e esse "sabe muito bem" de repente aparece sob uma luz diferente: Londres é a cidade do inglês, do britânico, de Britannicus; foi para ele que ela telefonou da estação e foi por causa dele que ela fugiu de Leroy, de seus colegas, de todos eles.

O ciúme toma conta dele, enorme e doloroso, não o ciúme abstrato, mental, que havia sentido quando, diante do armário aberto, se fazia a pergunta de todo teórica sobre a capacidade de Chantal em traí-lo, mas o ciúme como conhecera na juventude, o ciúme que trespassa o corpo, que dói, que é insuportável. Imagina Chantal se entregando aos outros, obediente e devotada, e não consegue mais suportar. Levanta-se e corre para a casa. A porta, toda branca, é iluminada por uma lanterna. Gira a maçaneta, a porta se abre, ele entra, vê uma escada com um tapete vermelho, ouve barulho de vozes vindo do andar de cima, sobe, chega ao grande patamar do primeiro andar, ocupado em todo o seu comprimento por um longo cabide com casacos, mas também (e mais uma vez leva um susto) com roupas de mulher e algumas camisas de homem. Enfurecido, passa entre todas essas roupas e chega a uma porta grande de duas folhas, também branca, quando uma pesada mão se abate sobre seu ombro dolorido. Vira-se e sente na face o hálito de um homem corpulento, de camiseta, com os braços tatuados, que fala com ele em inglês.

Esforça-se para se livrar daquela mão que o incomoda cada vez mais e o empurra para a escada. Ali, tentando resistir, perde o equilíbrio e só no último momento consegue se agarrar ao corrimão. Vencido, desce lentamente a escada. O tatuado o segue e, quando Jean-Marc, hesitante, para diante da porta, lhe grita alguma coisa em inglês e, com o braço levantado, manda-o sair.

46

A imagem da suruba acompanhava Chantal havia muito tempo, em seus sonhos confusos, em seu imaginário e até nas conversas com Jean-Marc, que lhe dissera um dia (um dia bem distante): gostaria de participar de uma coisa assim com você mas com uma condição: no momento do orgasmo cada um dos participantes se transformará num animal, um em ovelha, outro em vaca, outro em cabra, de tal modo que a orgia de Dioniso se tornará uma pastoral em que ficaremos sozinhos no meio das feras, como um pastor e uma pastora. (Essa fantasia idílica a divertia: os pobres participantes da suruba correm para a casa da perversão ignorando que sairão de lá transformados em vacas.)

Ela está rodeada de pessoas nuas e é o momento em que preferiria as ovelhas aos humanos. Não querendo mais ver ninguém, fecha os olhos: mas por trás de suas pálpebras continua a vê-los, seus membros que se levantam, que murcham, que são grandes, que são pequenos. Lembram um campo cheio de minhocas que ficam em pé, se curvam, se contorcem, tornam a cair. Depois, já não vê minhocas mas serpentes; fica enojada e, no entanto, sempre excitada. Só que essa excitação não lhe dá vontade de tornar a fazer amor, ao contrário, quanto mais excitada mais enojada fica de sua própria excitação, que a faz compreender que esse corpo não pertence a ela, mas a esse campo enlameado, a esse campo de vermes e serpentes.

Abre os olhos: do quarto contíguo uma mulher vem em sua direção, para à porta escancarada e, como se quisesse arrancá-la daquela imbecilidade masculina, daquele reino de minhocas, mede Chantal com um olhar sedutor. Ela é grande, tem um corpo magnífico, cabelos louros em torno de um belo rosto. No momento preciso em que Chantal está a ponto de responder a seu convite mudo, a loura arredonda os lábios e faz sair um pouco de saliva; Chantal vê essa boca como que aumentada por uma lupa poderosa: a saliva é branca e repleta de pequenas bolhas de ar; a mulher faz sair e

106

entrar aquela espuma de saliva como se quisesse excitar Chantal, como se quisesse lhe prometer beijos ternos e úmidos em que uma se diluiria na outra.

Chantal olha a saliva perolada, que treme, que escorre dos lábios, e sua repugnância se torna náusea. Vira-se para se esquivar discretamente. Mas, por trás, a loura lhe segura a mão. Chantal se liberta e dá alguns passos para fugir. Sentindo de novo a mão da loura em seu corpo, se põe a correr. Ouve a respiração de sua perseguidora, que, certamente, tomou sua fuga por um jogo erótico. Caiu numa armadilha: quanto mais se esforça para escapar, mais excita a loura, que atrai para ela outros perseguidores, os quais a perseguem como a uma presa.

Mete-se num corredor e ouve passos atrás de si. Os corpos que a perseguem lhe repugnam a tal ponto que sua repugnância rapidamente se transforma em terror: corre como se tivesse que salvar a própria vida. O corredor é comprido e termina numa porta aberta que leva para uma saleta azulejada com uma porta num canto; ela a abre e a fecha atrás de si.

No escuro, se apoia na parede para recuperar o fôlego; depois tateia em volta da porta e acende a luz. É um compartimento pequeno: um aspirador, vassouras, estopas. E no chão, num monte de trapos, enrodilhado, um cão. Não ouvindo mais nenhuma voz do lado de fora ela pensa: chegou o momento dos animais, e eu estou salva. Em voz alta, pergunta ao cão: "Você é qual daqueles homens?".

De repente, fica desconcertada com o que acaba de falar. Meu Deus, se pergunta, de onde me veio a ideia de que as pessoas no fim da suruba se tornam animais?

É estranho: ela não sabe mais absolutamente de onde lhe veio essa ideia. Procura na memória e não encontra nada. Experimenta apenas uma sensação doce, que não lhe evoca nenhuma lembrança concreta, sensação enigmática, inexplicavelmente feliz, como uma salvação vinda de longe.

Bruscamente, brutalmente, a porta se abre. Entra uma mulher negra, pequena, de blusa verde. Dirige a Chantal um olhar sem surpresa, breve e desdenhoso. Chantal dá um passo para o lado a fim de permitir que ela apanhe o aspirador grande e saia com ele.

Desse modo se aproximou do cão, que mostra os dentes e grunhe. Mais uma vez é tomada de terror; sai.

47

Ela estava no corredor e só tinha um pensamento: encontrar o patamar, onde suas roupas tinham ficado penduradas num cabide. Mas as portas, que ela tentava abrir, estavam todas fechadas à chave. Finalmente, entrou no salão por uma porta grande aberta; pareceu-lhe estranhamente grande e vazio: a mulher negra de blusa verde já havia começado seu trabalho ali com o aspirador grande. De todo o grupo da noitada, restavam apenas alguns senhores, que conversavam de pé em voz baixa; estavam vestidos e não prestavam nenhuma atenção em Chantal, que, dando-se conta de sua nudez subitamente inconveniente, os observava timidamente. Um outro senhor, de setenta anos mais ou menos, usando roupão branco e chinelos, andou até eles e lhes dirigiu a palavra.

Chantal quebrava a cabeça para descobrir por onde poderia sair, mas com essa atmosfera metamorfoseada, com esse despovoamento inesperado, a disposição dos cômodos lhe parecia como que transfigurada e ela não conseguia nem sequer reconhecê-los. Viu que a porta do cômodo contíguo, onde a loura de saliva na boca tinha tentado seduzi-la, estava escancarada; passou por ali; a sala estava vazia; parou e procurou uma porta; não havia.

Voltou para o salão e constatou que nesse meio tempo os senhores tinham ido embora. Por que não tinha prestado mais atenção? Poderia tê-los seguido! Apenas o setuagenário de roupão estava lá. Seus olhares se encontraram e ela o reconheceu; com a exaltação de uma repentina confiança, se dirigiu a ele: "Telefonei para você, lembra? Você me disse que viesse, mas quando cheguei não o encontrei!".

"Eu sei, eu sei, desculpe, não participo mais desses jogos de crianças", disse-lhe amavelmente, mas sem lhe dar atenção.

Foi até as janelas e as abriu uma após a outra. Uma forte corrente de ar percorreu o salão.

"Estou tão feliz por encontrar alguém que conheço", disse Chantal, agitada.

"É preciso acabar com toda essa fetidez."

"Diga-me como encontrar o patamar. Deixei ali todas as minhas coisas."

"Tenha calma", disse ele e foi para um canto do salão, onde se achava uma cadeira esquecida; trouxe-a para ela: "Sente-se. Vou lhe dar atenção assim que estiver livre."

A cadeira está no meio do salão. Docilmente, ela senta. O setuagenário se dirige para a mulher negra e desaparece com ela no outro cômodo. É ali que ronca agora o aspirador; através desse barulho, Chantal ouve a voz do setuagenário dando ordens e depois algumas marteladas. Um martelo?, espanta-se ela. Quem trabalha aqui com um martelo? Ela não viu ninguém! Deve ter chegado alguém! Mas por onde entrou?

A corrente de ar levanta as cortinas vermelhas perto das janelas. Nua em sua cadeira, Chantal sente frio. Mais uma vez ouve as marteladas e, amedrontada, entende: estão pregando todas as portas! Nunca mais sairá dali! Uma sensação de perigo imenso a invade. Levanta-se da cadeira, dá dois ou

109

três passos, mas, não sabendo para onde ir, para. Quer gritar por socorro. Mas quem pode socorrê-la? Nesse momento de angústia extrema, aparece diante de seus olhos a imagem de um homem que luta contra a multidão para chegar até ela. Alguém lhe torce o braço atrás das costas. Ela não vê seu rosto, apenas seu corpo curvado. Meu Deus, gostaria de se lembrar um pouco mais exatamente dele, recordar seus traços, mas não consegue, sabe apenas que é o homem que a ama e isso é a única coisa que lhe importa agora. Ela o viu nessa cidade, ele não pode estar longe. Quer encontrá-lo o mais depressa possível. Mas como? As portas estão pregadas! Depois vê uma cortina vermelha que esvoaça perto de uma janela. As janelas! Estão abertas! Tem que ir até a janela! Gritar para a rua! Poderá até pular para fora, se a janela não for alta demais! Mais uma martelada. E mais uma. É agora ou nunca. O tempo trabalha contra ela. É sua última oportunidade de agir.

48

Ele voltou para o banco quase invisível na escuridão que os dois únicos lampiões da rua, muito distantes um do outro, haviam deixado entre si.

Fez menção de sentar e ouviu um urro. Assustou-se; um homem que no meio tempo havia ocupado o banco o xingou. Foi embora sem protestar. É isso mesmo, pensou, é a minha nova condição; tenho que brigar até por um cantinho para dormir.

Parou no lugar onde, do outro lado da calçada, em frente a ele, a lanterna suspensa entre as duas colunas iluminava a porta branca da casa de onde fora expulso dois minutos antes. Sentou na calçada e se encostou na grade que rodeava o parque.

110

Depois a chuva, fina, começou a cair. Ele endireitou a gola do casaco e ficou observando a casa.

Subitamente, uma após a outra, as janelas se abrem. As cortinas vermelhas, afastadas para os lados, flutuam com o vento e o deixam ver o teto branco iluminado. O que significa aquilo? Será que a festa terminou? Mas ninguém saiu! Há alguns minutos, ardia no fogo do ciúme e agora sente apenas medo, nada mais do que medo por Chantal. Quer fazer tudo por ela, mas não sabe o que precisa fazer e é isso que é insuportável: não sabe como ajudá-la e, no entanto, apenas ele pode ajudá-la, ele, só ele, porque ela não tem mais ninguém no mundo, ninguém mais em nenhum lugar do mundo.

Com o rosto banhado em lágrimas, fica de pé, dá alguns passos na direção da casa e grita seu nome.

49

O setuagenário, com uma outra cadeira na mão, para diante de Chantal: "Aonde você quer ir?".

Surpresa, ela o vê na sua frente e nesse momento de grande confusão uma onda forte de calor sobe das profundezas de seu corpo, enche seu ventre, seu peito, cobre seu rosto. Está em chamas. Está completamente nua, completamente vermelha, e o olhar do homem pousado em seu corpo a faz sentir cada parcela de sua nudez ardente. Com um gesto maquinal leva a mão ao seio como se quisesse escondê-lo. Dentro de seu corpo as chamas depressa consomem sua coragem e sua revolta. De repente, se sente cansada. De repente, se sente fraca.

Ele a pega pelo braço, a leva para a cadeira e coloca a sua própria cadeira bem diante dela. Estão sentados, sozinhos, frente a frente, um perto do outro, no meio do salão vazio.

A corrente de ar frio envolve o corpo suado de Chantal. Ela treme e, com uma voz débil e suplicante, pergunta: "Não se pode sair daqui?".

"E por que você não quer ficar comigo, Anne?", pergunta ele num tom de censura.

"Anne?" Fica gelada de horror: "Por que você me chama de Anne?".

"Não é esse o seu nome?"

"Eu não sou Anne!"

"Mas sempre a conheci pelo nome de Anne!"

Da sala contígua ainda chegam algumas marteladas; ele virou a cabeça na direção delas como se hesitasse em intervir. Ela aproveitou aquele momento de solidão para tentar compreender: está nua, mas eles continuam a despi-la! Despi-la de seu eu! Despi-la de seu destino! Depois de ter lhe dado outro nome, vão abandoná-la entre desconhecidos aos quais nunca poderá explicar quem é.

Não tem mais esperança de sair dali. As portas estão pregadas. É preciso que ela comece, modestamente, do começo. O começo é seu nome. Quer primeiro conseguir, como mínimo indispensável, que o homem na frente dela a chame por seu nome, seu nome verdadeiro. É a primeira coisa que vai pedir a ele. Que vai exigir. Mas mal se fixa esse objetivo, constata que seu nome está como que bloqueado em sua mente; não se lembra dele.

Essa descoberta provoca nela um pânico enorme, mas ela sabe que sua vida está em jogo e que, para se defender, para lutar, deve recuperar a qualquer preço seu sangue-frio; com uma concentração determinada, se esforça para lembrar: deram-lhe três nomes de batismo, sim, três, ela utilizou apenas um, isso ela sabe, mas quais eram esses três nomes e qual deles guardou? Meu Deus, ela deve ter ouvido esse nome milhares de vezes!

Voltou-lhe ao pensamento o homem que a amava. Se ele estivesse ali, iria chamá-la por seu nome. Talvez, se ela conseguisse se lembrar de seu rosto, saberia imaginar a boca que pronuncia seu nome. Essa lhe parece uma boa pista: chegar ao seu nome por intermédio daquele homem. Tenta imaginá-lo e, mais uma vez, vê uma silhueta que se debate no meio de uma multidão. É uma imagem pálida, fugidia, se esforça para preservá-la, preservá-la e aprofundá-la, para dilatá-la pelo passado: de onde veio aquele homem? como apareceu na multidão? por que brigou?

Esforça-se para dilatar essa lembrança e lhe aparece um jardim, grande, com uma casa onde, entre muitas pessoas, distingue um homem baixo, insignificante, e se lembra de ter tido um filho com ele, um filho do qual sabe apenas que morreu...

"Onde você se perdeu, Anne?"

Levanta a cabeça e vê um velho sentado numa cadeira na sua frente, olhando para ela.

"Meu filho morreu", disse ela.

A lembrança é muito fraca; é justamente por isso que ela a menciona em voz alta; pensa torná-la desse modo mais real; pensa guardá-la melhor desse modo, como se um pedaço de sua vida lhe escapasse.

Ele se inclina para ela, segura suas as mãos e diz pausadamente, com uma voz cheia de encorajamento: "Anne, esqueça seu filho, esqueça os mortos, pense na vida!".

Ele lhe sorri. Depois faz um gesto largo com a mão, como se quisesse designar alguma coisa de imenso e de sublime: "A vida! A vida, Anne, a vida!".

Esse sorriso e esse gesto a enchem de pavor. Fica de pé. Treme. Sua voz treme: "Que vida? O que você chama de vida?".

A pergunta que acaba de pronunciar sem refletir provoca outra: e se já fosse a morte? E se a morte fosse aquilo?

Empurra a cadeira, que rola pelo salão e esbarra na parede. Ela quer gritar, mas não encontra nenhuma palavra. Um longo e inarticulado aaaaa sai da sua boca.

50

"Chantal! Chantal! Chantal!"
Ele apertava em seus braços seu corpo sacudido pelo grito.
"Acorde! Não é verdade!"
Ela tremia em seus braços, e ele tornava a lhe dizer muitas outras vezes que não era verdade.
Ela repetia depois dele: "Não, não é verdade, não é verdade". E lentamente, muito lentamente, ela se acalmava.
E eu me pergunto: quem sonhou? Quem sonhou essa história? Quem a imaginou? Ela? Ele? Os dois? Um pelo outro? E a partir de que momento a vida real deles se transformou nessa pérfida fantasia? Quando o trem afundou na Mancha? Antes? Na manhã em que ela lhe anunciou sua ida para Londres? Antes ainda? Naquele dia em que, no escritório do grafólogo, encontrou o garçom do bar da cidade da Normandia? Ou antes ainda? Quando Jean-Marc lhe mandou a primeira carta? Mas será que ele realmente mandou as cartas? Ou será que as escreveu somente na sua imaginação? Qual é o momento preciso em que o real se transformou em irreal, a realidade em sonho? Onde era a fronteira? Onde é a fronteira?

51

Vejo suas cabeças, de perfil, iluminadas pela luz de uma pequena lâmpada de cabeceira: a cabeça de Jean-Marc, com a nuca num travesseiro; a cabeça de Chantal inclinada uns dez centímetros acima do rosto dele.

Ela dizia: "Não vou mais tirar os olhos de você. Vou olhar para você sem parar".

E depois de uma pausa: "Tenho medo quando pisco o olho. Medo de que durante esse segundo em que meu olhar se apaga se insinue no seu lugar uma serpente, um rato, outro homem".

Ele tentava se erguer um pouco para tocá-la com os lábios.

Ela balançava a cabeça: "Não, quero só olhar para você".

E depois: "Vou deixar a luz acesa a noite toda. Todas as noites".

Concluído na França, no outono de 1996

MILAN KUNDERA nasceu em Brno, na República Tcheca, em 1929, e emigrou para a França em 1975, onde vive como cidadão francês. Romancista e pensador de renome internacional, é autor, entre outras obras, de *A insustentável leveza do ser*, *A brincadeira*, *Risíveis amores*, *A ignorância*, *A cortina* e *O livro do riso e do esquecimento*, publicadas no Brasil pela Companhia das Letras.

COMPANHIA DE BOLSO

Jorge AMADO
Capitães da areia

Hannah ARENDT
Homens em tempos sombrios

Philippe ARIÈS, Roger CHARTIER (Orgs.)
História da vida privada 3 — Da Renascença ao Século das Luzes

Karen ARMSTRONG
Uma história de Deus

Paul AUSTER
O caderno vermelho

Marshall BERMAN
Tudo que é sólido desmancha no ar

David Eliot BRODY, Arnold R. BRODY
As sete maiores descobertas científicas da história

Jacob BURCKHARDT
A cultura do Renascimento na Itália

Italo CALVINO
O cavaleiro inexistente
Fábulas italianas
Por que ler os clássicos

Bernardo CARVALHO
Nove noites

Jorge G. CASTAÑEDA
Che Guevara: a vida em vermelho

Ruy CASTRO
Chega de saudade
Mau humor

Louis-Ferdinand CÉLINE
Viagem ao fim da noite

Jung CHANG
Cisnes selvagens

Catherine CLÉMENT
A viagem de Théo

Joseph CONRAD
Coração das trevas
Nostromo

Charles DARWIN
A expressão das emoções no homem e nos animais

Jean DELUMEAU
História do medo no Ocidente

Georges DUBY (Org.)
História da vida privada 2 — Da Europa feudal à Renascença

Rubem FONSECA
Agosto
A grande arte

Meyer FRIEDMAN, Gerald W. FRIEDLAND
As dez maiores descobertas da medicina

Jostein GAARDER
O dia do Curinga

Jostein GAARDER, Victor HELLERN, Henry NOTAKER
O livro das religiões

Fernando GABEIRA
O que é isso companheiro?

Luiz Alfredo GARCIA-ROZA
O silêncio da chuva

Eduardo GIANNETTI
Auto-engano
Vícios privados, benefícios públicos?

Edward GIBBON
Declínio e queda do Império Romano

Carlo GINZBURG
O queijo e os vermes

Marcelo GLEISER
A dança do Universo

Tomás Antônio GONZAGA
Cartas chilenas

Philip GOUREVITCH
Gostaríamos de informá-lo de que amanhã seremos mortos com nossas famílias

Milton HATOUM
Dois irmãos
Relato de um certo Oriente
Eric HOBSBAWM
O novo século
Albert HOURANI
Uma história dos povos árabes
Henry JAMES
Os espólios de Poynton
Retrato de uma senhora
Ismail KADARÉ
Abril despedaçado
Franz KAFKA
O castelo
O processo
John KEEGAN
Uma história da guerra
Amyr KLINK
Cem dias entre céu e mar
Jon KRAKAUER
No ar rarefeito
Milan KUNDERA
A identidade
A insustentável leveza do ser
O livro do riso e do esquecimento
Danuza LEÃO
Na sala com Danuza
Paulo LINS
Cidade de Deus
Claudio MAGRIS
Danúbio
Naghib MAHFOUZ
Noites das mil e uma noites
Javier MARÍAS
Coração tão branco

Heitor MEGALE (Org.)
A demanda do Santo Graal
Evaldo Cabral de MELLO
O nome e o sangue
Patrícia MELO
O matador
Jack MILES
Deus: uma biografia
Ana MIRANDA
Boca do Inferno
Vinicius de MORAES
Livro de sonetos
Antologia poética
Fernando MORAIS
Olga
Vladimir NABOKOV
Lolita
Friedrich NIETZSCHE
Além do bem e do mal
Ecce homo
Genealogia da moral
Humano, demasiado humano
O nascimento da tragédia
Adauto NOVAES (Org.)
Ética
Michael ONDAATJE
O paciente inglês
Malika OUFKIR, Michèle FITOUSSI
Eu, Malika Oufkir, prisioneira do rei
Amós OZ
A caixa-preta
José Paulo PAES (Org.)
Poesia erótica em tradução

Michelle PERROT (Org.)
*História da vida privada 4 — Da Revolução
Francesa à Primeira Guerra*

Fernando PESSOA
Livro do desassossego
Poesia completa de Alberto Caeiro
Poesia completa de Álvaro de Campos
Poesia completa de Ricardo Reis

Décio PIGNATARI (Org.)
Retrato do amor quando jovem

Edgar Allan POE
Histórias extraordinárias

Antoine PROST, Gérard VINCENT (Orgs.)
*História da vida privada 5 — Da Primeira
Guerra a nossos dias*

Darcy RIBEIRO
O povo brasileiro

Edward RICE
Sir Richard Francis Burton

João do RIO
A alma encantadora das ruas

Philip ROTH
Adeus, Columbus
O avesso da vida

Elizabeth ROUDINESCO
Jacques Lacan

Arundhati ROY
O deus das pequenas coisas

Salman RUSHDIE
Os versos satânicos

Oliver SACKS
Um antropólogo em Marte

Carl SAGAN
Bilhões e bilhões
Contato
O mundo assombrado pelos demônios

Edward W. SAID
Orientalismo

José SARAMAGO
O Evangelho segundo Jesus Cristo
O homem duplicado
A jangada de pedra

Arthur SCHNITZLER
Breve romance de sonho

Moacyr SCLIAR
A majestade do Xingu
A mulher que escreveu a Bíblia

Dava SOBEL
Longitude

Susan SONTAG
*Doença como metáfora / AIDS e suas
metáforas*

I. F. STONE
O julgamento de Sócrates

Drauzio VARELLA
Estação Carandiru

Caetano VELOSO
Verdade tropical

Erico VERISSIMO
Clarissa
Incidente em Antares

Paul VEYNE (Org.)
*História da vida privada 1 — Do Império
Romano ao ano mil*

XINRAN
As boas mulheres da China

Edmund WILSON
Manuscritos do mar Morto
Rumo à estação Finlândia

1ª edição Companhia das Letras [1998] 1 reimpressão
1ª edição Companhia de Bolso [2009] 4 reimpressões

Esta obra foi composta pela Verba Editorial em
Janson Text e impressa pela Gráfica Bartira em ofsete
sobre papel Pólen Soft da Suzano S.A.

A marca FSC® é a garantia de que a madeira utilizada na fabricação do
papel deste livro provém de florestas que foram gerenciadas de maneira
ambientalmente correta, socialmente justa e economicamente viável,
além de outras fontes de origem controlada.